貴方(あなた)のために綴る18の物語

岡崎琢磨

祥伝社文庫

貴方（あなた）のために綴る18の物語　目次

プロローグ

お金のために読む18の物語

二〇二一年一月。冷たい風が、わたしの体を震わせた。

京王(けいおう)線笹塚(ささづか)駅のホームは、高架で東西にさえぎるものが何もなく、いつも都会の風が吹き荒れている。夏はいい。だが真冬ともなると、電車が来るまでのたった数分を耐えるのでさえつらくなる。

そんなホームの西側の端っこで、わたしは両手でわが身を抱き、通過する特急電車を待っていた。歯の根が合わない。体も、心までも凍りついている。

もう少し。あと数分の辛抱(しんぼう)だ。そうすれば電車が来て、彼に会いにいける――。

背後から声をかけられたのは、そんなときだった。

「どうしましたか」

何よりもまず、来てくれたんだ、と思った。勢いよく振り返ったわたしはしかし、そこに立っていた人物を見て、落胆した。

七十歳くらいの老紳士だった。老紳士、という言葉がこれだけ似合う日本人もめずらしい。紺のスーツの下に臙脂(えんじ)のベストを着て、足元はキャメルの革靴をはき、頭には黒の中折れ帽を被(かぶ)っている。銀の丸眼鏡(めがね)と垂(た)れ下がった眉(まゆ)、白髪(しらが)交じりの口ひげは柔和(にゅうわ)な印象を与えるが、細い目の奥が少しも笑っていなかった。

「別に、どうも……ちょっと、寒かったので」

わたしが答えると、老紳士は咳払(せきばら)いをひとつはさみ、しわがれた声で言った。

「赤塚美織(あかつかみおり)さん、でよろしいですかな」

わたしは目を見開いた。あ、あ、と意味のない音を何度か発したあとで問う。

「どうして、わたしの名前を」

「驚かせてしまって申し訳ありません。実は、あなたにぜひともお引き受けいただきたい仕事があるのです」

「仕事？」いきなり何の話だろう。

「ええ、ええ。あなたにしかできない仕事です」

老紳士が微笑(ほほえ)むのが、かえって不気味だった。

「でもわたし、仕事なんて探してません」

「心配ご無用。ほんのわずかな時間でやっていただける仕事です。内容に対して充分以上の報酬をお支払いすることをお約束いたします」

——胡散臭い。

ここでそう感じない人間はよほどのバカだ。わたしも三十年生きてきて、自分だけにうまい話が転がり込んでくるなどと信じられるほど無邪気でも無知でもなかった。むしろ、世の中全体を見回しても、わたしほど不運な人間はそういないだろう。

「わたし、お金儲けには一切興味ありません」

わたしは突っぱねる。しかし、老紳士は食い下がった。

「不審に思われるのも無理はない。だが、せめて話だけでも聞いていただけませんか。これは決して、怪しい商売の類ではございません。言うなれば、そうですな、モニターの一種とでも申しましょうか」

商品をお試しして、その感想を述べよということか。初めに化粧品を無料で使わせておいて、のちのち高額なサロンと契約させるなどの手口もよく耳にする。老紳士とサロンとではイメージが結びつかなかったが、どちらにせよ詐欺まがいの勧誘であることに変わりはなさそうだ。

そこで老紳士に背を向け、立ち去ってもよかった。だが、続く彼の言葉が、わたしの足を踏みとどまらせた。

「ここは寒いので移動しませんか。すぐそこの商店街に、静かな喫茶店がありますので」

知っている。

二年前に一度、訪れたことがある。思い出したら、懐かしくなった。

ほかのどんな誘いでも、わたしは彼に同行しなかっただろう。けれどいま、あの喫茶店に誘われたという事実に、わたしは運命の数奇さを感じずにはいられなかった。

「わかりました。話を聞くだけなら」

「ありがとうございます。それでは、どうぞこちらに」

老紳士はうやうやしく一礼し、わたしの先を歩き始めた。

電車に乗らなかったので、駅員に頼んで改札の外に出してもらう。三分ほどで到着したのは、やはりわたしの知る思い出の喫茶『南風（みなみかぜ）』だった。

老紳士が〈水曜定休〉と記（しる）されたプレートのかかった、チョコレート色の扉を開けると、古めかしい鐘の音が鳴る。薄暗く、壁に絵画が複数飾られ、ほのかにタバコのにおいが漂（ただよ）う店内は、二年前と何も変わっていなかった。カウンターの奥にいる短髪のマスターが、いらっしゃい、と低い声で言う。

アンティークなインテリアで統一された店内に、わたしたち以外の客はいなかった。窓際の席に、老紳士と向かい合って腰を下ろす。ビニールのカバーをかけられたメニューを開くと、コーヒー豆の種類がたくさん記されていた。わたしと老紳士はともにブレンドを注文する。

「それで、仕事というのは」

見ず知らずの老紳士とお茶をする趣味はないので、わたしはさっそく本題に入った。出されたコーヒーに口をつけ、老紳士は語る。

「とても簡単な仕事です。あなたには、四百字詰め原稿用紙にして二十枚程度の短い物語を、一日一話、全部で十八話読んでいただきたいのです。物語は毎日、郵送であなたのご自宅に届きます」

「……たったそれだけ？　そのあとで、何かをするわけではなく？」

「誓って、それだけです。念のため、ちゃんと読んだことがわかるように感想を記していただきますが、長さや内容は問いません。物語に基づいてさえいれば、一文でもかまわないのです」

拍子抜け（ひょうしぬ）した。ただ物語を読むモニターに、リスクがあるとは思えない。そのあとで、有料会員制の図書クラブにでも入会させられるのか？　ありえないとは言わないが、現実味に乏しい。

わたしは本を読むほうではないが、それでも原稿用紙二十枚程度なら、ゆっくり読んでも三十分はかからないだろうと見当がついた。仕事という言葉から連想されるより、はるかに小さな負担で済みそうだ。

だが、そこで老紳士が言い足した。

「……ああ、いや、失念しておりました。最後にひとつだけ、追加で仕事が課せられることを」

「追加で？　その内容とは」

「いまはお話しすべきときではありません」

ほら来た、と思う。結局は、そのタイミングでわたしから金を巻き上げるつもりではないのか。ため息をつき、わたしは言う。

「やっぱり信用できません。このお話は、なかったことに」

「まあお待ちください。報酬のご説明がまだでしたね」

老紳士がジャケットの内側に手を差し入れる。続いてテーブルの上に置かれたものに、わたしは目を丸くした。

「……これは」

一万円札が、それなりの厚みを持つ枚数で、帯封によって束ねられていた。

「報酬です。四十七万円ございます。よろしければあらためてください」

言われるがまま、枚数を数える。確かに四十七枚ある。

札束をテーブルに戻す手を震わせながら、わたしは訊ねた。

「物語を読むだけで、こんな大金を？」

「勘違いなさっては困ります」

老紳士は言う。わたしは半ばほっとし、半ばがっかりした。

「ですよね。こんなにもらえるわけが――」

「これは、報酬のおよそ三分の一に過ぎません。着手金、とでも申しましょうか」

いよいよわたしは戦慄した。何か、とても危ないことに首を突っ込みかけている気がしたのだ。

老紳士は語る。

「あなたに読んでいただきたい全十八話の物語はすべて、四百字詰め原稿用紙二十枚を基準に書いてあります。超えているものも、満たないものもありますが、そこはご容赦いただきたい。一話あたりの文字数は、四百かける二十でおよそ八千字になります」

小学生でもできる計算だ。

「報酬は一字につき十円、つまり一話につき八万円です。全十八話ですから、あなたには最終的に百四十四万円の報酬をお支払いします。ただし」

いつの間にか、老紳士の右手には一万円札が一枚、握られていた。テーブルの上の札束から抜き取ったわけではないようだ。

「この仕事には郵送代や印刷代など、いくばくかの費用がかかっております。そこで、あなたには手数料として、前もって一万円をお支払いいただきます。こちらがその一万円です」

と言われても、そのお金はわたしが払ったものではない。疑問符が渦巻くわたしをよそに、老紳士は続ける。

「物語は月曜日から土曜日まで、週に六話ずつ届きます。こちらの四十七万円は、最初の一週間分の報酬から手数料を引いた額です。おわかりですね」

八かける六引く一で四十七。これも簡単な計算だ。だが、脳の処理が追いつかなかった。

物語を読むだけで、三週間後には百四十三万円の報酬が得られる？

ありえない。世の中に、そんなうまい話が転がっているわけがないのだ。

わたしはぬるくなったコーヒーを飲み干す。だが、カラカラになった喉は潤せなかった。

「どうして……わたしなんですか」

かろうじて問う。老紳士はにこりと微笑んだ。

「それは、あなたにしか務まらない仕事だからでございます」

「答えになってません。あなた、いったい何者なんですか。よく考えたら、まだ名前も聞いてない」

「名乗るほどの者ではございません。私はあなたにこの仕事をお受けいただくための、使いに過ぎないのですから」

「何それ。じゃあ、どこの誰がこんな真似をしているのか教えなさいよ」

「あなたが仕事を完遂されたあかつきには、必ずやお話しして差し上げましょう。それまでは、わが依頼主――ミスター・コントに関する情報は何ひとつ明かすことができません。おかしな噂を吹聴されても困りますゆえ」

具体的な情報を一切出さない老紳士に、わたしの我慢は限界に達した。

「何がミスター・コントよ、バカにしてるの？　そのような態度で、こんな怪しい仕事を引き受ける人がいると思いますか。わたしもう帰ります」

席を立つ。マスターの視線が頬に刺さる。老紳士は両手を上下に動かした。

「まあまあ、どうぞ落ち着いて。そうおっしゃるのはごもっとも。だからこそ、こちらは着手金をご用意したのです。それ以外に、信用していただく方法はないでしょうから」

わたしはいま一度、テーブルの四十七万円に目を落とす。

「わたしがこのお金を、持ち逃げするかもしれませんよ」

「そうなれば、ご自宅まで回収にうかがうことになるかと」

「どうやって？　住所も教えてないのに」

「物語は郵送すると申したのをお忘れですか。赤塚さまのご住所は、すでにこちらで把握しております」

ぞっとした。どうやって突き止めたのか知らないが、ほとんど犯罪だ。

わたしは売り言葉に買い言葉で、

「脅（おど）したって無駄よ。こっちには、引っ越すという手もある」

「たかだか四十七万円のために引っ越しですか。かかる費用と手間に鑑（かんが）みれば、あまり賢明とは思えませんが」

言葉に詰まる。老紳士はまたしても微笑んだ。

「どうしても、あなたにこの仕事を引き受けていただかないと困るのです。物語を読むだけで、百万円以上の大金が手に入る。夢のような話ではありませんか」

「夢のようだから、信用できないと言っているんです」

「たまにはそんな、幸運な出来事に遭遇したっていいとは思いませんか」

もしかすると、それは老紳士の苦しまぎれの台詞に過ぎなかったのかもしれない。けれどもその言葉は、なぜだかすとんと腑に落ちた。思い返せば、わたしの人生は大きな不幸の連続だった。少しくらいどこかでいい思いをしなければ、帳尻が合わない。

わたしは椅子に腰を下ろし、上目遣いで言った。

「……本当に、物語を読むだけでいいんですね。ちょっとでも危ないと思ったら、すぐに警察へ駆け込みますよ」

「どうぞご自由に。決してそのようなことにはならないと確信いたしております」

老紳士は再びジャケットの内側を探り、テーブルの上に封筒を置いた。白くて縦長の、何の変哲もない和封筒である。

「こちらに第一話が入っております。本日がちょうど月曜日ですから、いまから送ったのでは今日じゅうに届きませんので、初めは手渡しとさせていただきます。仕事をお受けいただけるか否か判断するためのサンプル、という意味合いも含まれているとお考えください」

「中をあらためても？」

「もちろん」

封筒の口を開け、中から折りたたまれた紙を取り出す。A4サイズの白い用紙に、明朝体の文字がびっしりプリントされている。原稿用紙と聞いて手書きを想像したが、そうではなく、体裁もまったく異なるようだ。数えてみると、全部で七枚ある。

冒頭にタイトル、そのすぐあとに本文が始まっていた。ざっと目を走らせてみるが、取り立てておかしなところはない。むしろ、小説として見ればいかにも平易な文章だった。

「これを、読めばいいんですね」

「さよう。感想は別のノートにでも記入してください。一週間分、すなわち土曜日までの六話を読み終えたら、日曜日の十五時にその感想を持って、こちらの喫茶店までいらしていただけますか」

「またお会いするんですか?」

「お手数をおかけして申し訳ありませんが、こちらには仕事をサボってないかチェックする義務がありますのでね。なに、感想に目を通すだけですから、お時間は取らせません」

そんなに長文でなければね、と老紳士は冗談めかす。

「それと、最終十八話は第一話同様、直接お渡ししたいので、三週目は日曜日ではなく土曜日にこちらへ来ていただけますか。その際に、併せて報酬もお支払いいたします。よろしいですか？」

「まあ、大丈夫ですけど……」

生返事をしつつ、わたしは考える。

笹塚は自宅の最寄り駅なので、来るのは手間ではない。三週間の仕事だから、あと三回、この喫茶店へ来れば、すべてが終わって百四十三万円が手元に残る――老紳士の言い分を真に受けるなら、そういうことになる。

わたしは目を横に向ける。曇天のせいか、窓にはうっすらと自分の顔が映っている。目は落ちくぼみ、頬はこけ、自分の知る自分とはまるで別人のようだった。

わけのわからない展開に翻弄され、本能的に警戒心が先立った。しかしいくらか冷静になってみると、こんな自分に失うものなど何も残っていないと思えた。金銭を騙し取られたり、犯罪の片棒を担がされたりしたところで、それが何だというのだろう。ゼロから一に増える不幸に比べれば、一から二に増える不幸などどうってことはないという気がした。

「どうですか。この仕事、お引き受けいただけますでしょうか」

老紳士の念押しに、わたしはとうとう首を縦に振った。

「わかりました」

「ありがとうございます。では、第一話と着手金、どうぞお収めください」

言われて初めて、わたしは鞄どころか財布すら持たず、ほとんど身一つで来てしまったことを思い出した。改札を通過するのに使った、ジーンズの右ポケットのスマートフォンが唯一の持ち物だ。

仕方なく、ジーンズの左ポケットに札束をねじ込む。頭がのぞいてしまっていたが、上に着ていたニットの裾で隠せた。自宅が近いのが幸いである。

老紳士が二人分の会計を済ませ、わたしは「ごちそうさま」を老紳士とマスターの双方に言って、『南風』を出た。

「それではひとつ、よろしくお願いいたします。明日から一話ずつ、毎日封筒が届きますので」

帽子を胸に当てて頭を下げ、老紳士が商店街の奥へと去っていく。

わたしはまるで、自分が『笑ゥせぇるすまん』の喪黒福造にでも会ったような気分で立ち尽くしていた。けれども手の中にある封筒が、これが現実であることを物語っている。

ぼんやりした頭を抱え、徒歩五分の自宅アパートに帰り着いた。

明かりもつけず、机の前の椅子に腰かける。机の片隅にある写真立てに、わたしは目をやった。

草津（くさつ）の温泉街をバックに、向かって右側に立つわたしが満面の笑みを浮かべている。その隣では、森倉颯太（もりくらそうた）がこの写真を撮ったスマートフォンを持つ手を伸ばしている。

――今日は会いにいけなくてごめん。もうちょっとだけ待っててね。

心の中で一声かけると、わたしは封筒から紙を取り出して物語を読み始めた。

こうしてわたしは、十八の物語をただ読むという、奇妙な仕事を引き受けたのである。

1 / 1st week

ひきこもり

ドアを開けると、デスクトップパソコンに向かう彼女の姿があった。

モニターから放たれる光のほかに明かりはなく、室内は暗い。今日もまた、日が暮れたことにも気づかず夢中になっていたらしい。嘆息しつつ、壁にある照明のスイッチを押した。

「目が悪くなるよ」

声をかけても、彼女は眼差し(まなざ)を画面から逸(そ)らさない。胸のあたりまである黒髪はぼさぼさに乱れ、頬(ほお)には赤いニキビができていた。近寄ると、汗のにおいが鼻をついた。

「お風呂くらい、ちゃんと入りなよ」

彼女はほとんど誰とも口を利(き)いていないことが明らかなかすれ声で、かったるそうに返事をした。

「いい。ずっと家にいるから、大して汚れてない」

「そんなことないって。お風呂、沸かしておいたから」

うながすと、彼女はしぶしぶといった感じで椅子から立ち上がった。彼女が着替えも持たずに出ていったあとの部屋を見回せば、床には足の踏み場もないくらいに本や漫画の類、あるいは冷凍食品の食べかすなどが散乱している。僕が渡した、ひきこもりについて専門家が著した新書や元ひきこもりが体験談を綴った本は、開かれた気配もなく打ち捨てられていた。

もうどのくらい、こんな生活が続いているだろう。パソコンのモニターに表示されたBL――男性どうしが恋愛する――漫画を見つめながら、僕はそんなことを考えていた。

彼女と同棲するようになったのは、学生時代のある出来事がきっかけだった。

当時、僕と彼女は大学のクラスメイトで、講義などでしばしば顔を合わせる関係だった。とはいえ内気で友達が少なかった彼女と僕が口を利くことはなく、あの一件が起きるまでは、互いの顔と名前すら一致していたかどうかも怪しい。

ある日の語学の講義が始まる前のこと、教室に入ってきた彼女が、うつむきがちに空席へと歩いていくのが見えた。そのとき教室の中央あたりでは、四人の男子が集まってしゃべっていた。そろって派手な色に髪を染め、ピアスをつけていて、必要以上の大声でまわりに威圧感を与える、同じクラスでも僕が敬遠しているグループだった。

　そのうちのひとりが、ふざけて別の男子を軽く小突(こづ)いた。男子はふらふらと後方によろめき、折しも背後を通りかかった彼女にぶつかった。彼女は床に倒れ込み、肩にかけていたトートバッグの中身が散乱した。

　バッグから飛び出た白い紙の束を、ぶつかった男子が拾い上げた。そして、教室中に響き渡る声で言った。

「何だこれ。気持ち悪」

　その紙には、上半身裸の男性二人が抱き合う絵が描かれていた。のちに知ったことだが、彼女はＢＬ漫画を描いて同人活動をしていたのだ。

「返して」

　彼女は青ざめて紙を取り返そうとする。けれども男子は紙を高く持ち上げ、彼女を押し返しながら笑った。

「おまえ、これ自分で描いてんの？　やばくない？」

　仲間の男子に紙を見せ、彼らもまた口々に彼女を罵(ののし)り、騒ぎが大きくなる。彼女は歯を食いしばってじっと耐えていた。

その姿を見ていたら、中学生のころの記憶がよみがえった。近所に住んでいた女の子がいじめに遭っているのを知りながら、僕は見て見ぬふりをして過ごした。その子はしばらくして転校してしまった。僕はその子のことが気になっていたのに、助けようとせず、最後まで何の力にもなれなかったことをずっと後悔していた。

あの子の苦しげな表情が、目の前の彼女と重なった。

「やめろよ。かわいそうだろ」

僕が席から立ち上がって言うと、騒いでいた男子たちが一瞬にして静まった。彼女にぶつかった男子が、僕のほうに詰め寄ってくる。

「何おまえ。あのオタク女に気があんの？」

「そういうんじゃない。人の趣味をバカにするのはよくないと思っただけだ」

「ふーん。つーか、もしかしておまえも男が好きとか？」

話が嚙み合わない。僕が無言でにらみつけていると、男子は白けたように紙を投げ捨て、僕の前にある机の脚を蹴ってから吐き捨てた。

「かっこつけてんじゃねえよ。クソが」

彼女は慌てて紙を拾う。僕のほうをちらりと見てから、逃げるように教室を出ていった。入れ替わりに語学の先生が入ってきたので、騒動はそこで打ち切られた。

以来、彼女はその語学の講義に姿を見せなくなった。


風呂から上がってきた彼女が清潔な匂いを発していたので、僕は安心した。

彼女は僕が用意した下着と部屋着を着ていた。冷蔵庫からコーラのペットボトルを取り出し、ダイニングの椅子に座って飲み始める。

「髪、ちゃんと乾かさないと風邪引くよ」

向かいの椅子に腰を下ろしつつ、たしなめる。彼女は濡れたままの頭にフェイスタオルを載せていた。

「平気。誰とも会わないから、ウイルスをもらいようがない」

「そういう問題?」

「そういう問題でしょう。あなただって、風邪引かないじゃない」

確かに僕はもう何年も風邪を引いた記憶がなかった。同じ家の中に感染者がいなければ、当然ながらうつることはない。

「晩ごはん、どうしようか」

「出前でいい。適当に注文しといて」

「また？　けっこうお金、かかると思うけど」

「なら、いまからあんたが買い物に行って、作ってくれるとでも言うの？」

彼女を下手に刺激してはいけない。僕は苦笑した。

「それはちょっとしんどいな。出前にしよう」

彼女は返事をせずに冷蔵庫に向かい、中に入っているものを点検し始めた。しばらくして、ぽつりとつぶやく。

「焼きそばくらいなら作れそう」

僕は驚いた。彼女がそのようなことを自分から言い出すのは、とてもめずらしかったからだ。とはいえうかつな発言をして、せっかく芽生えた彼女の気持ちを削ぎたくはなかったので、僕は軽い調子で言った。

「そう。じゃあ、お願いしようかな」

彼女は冷蔵庫から食材を取り出していく。やがて、キャベツを洗う水の音が聞こえ始めた。

　これ以上欠席すれば単位を落とすという段に至っても、彼女が語学の講義に現れなかったので、僕は彼女の自宅を訪ねてみることにした。

住所はクラスの連絡網に書いてあった。学生が自主的に作成した連絡網だったので、個人情報保護の意識は低く、全員の電話番号と住所が明記されていたのだ。

彼女の自宅は、単身者向けの古びたアパートの一階にあった。一回ベルを鳴らしただけでは何の反応もなかった。しかし窓が見えるほうに回ってみたところ、カーテンの隙間から明かりが漏れている。あらためてベルを鳴らすと、やがて鍵の回る音がして、ドアが開いた。

「……どうしてここに？」

彼女はいぶかしむようにこちらを見た。スコープをのぞいて、訪問者が僕であることを先に確かめたらしい。顔色が悪く、眉の手入れもされておらず、何日も人に会っていないことは容易にうかがい知れた。

「大学、来なよ。次休んだら、単位取れないよ」

単刀直入に告げると、彼女は目を伏せる。

「いい。あんなやつらがいるところだと思ったら、何もかもバカらしくなった」

「あんなやつらのせいで休むほうがバカらしいよ。親に学費、払ってもらってるんだろ。申し訳ないと思わないのか」

「あんたに何がわかるの」

彼女がむっとしてみせる。それから、僕のお腹のあたりを両手で押した。

「もう帰って」

「痛っ」

とっさのことで、反応をこらえるのに失敗した。彼女は一瞬、怪訝そうな顔をしたのち、僕のTシャツの裾をめくった。

僕の脇腹にある大きなあざを見て、彼女が目を丸くした。

「どうしたの、これ」

「……何でもないよ」

「何でもないことはないでしょう。誰にやられたの」

彼女はすでに、それが暴力の痕であることを見抜いていた。僕は観念し、情けなさを押し隠しつつ答えた。

「あいつらにやられた。あれ以来、目をつけられちゃって」

その説明だけで伝わったらしい。さすがに悪いと感じたのか、彼女はTシャツから手を放して唇を引き結んだ。

知られてしまったものは仕方がない。僕は彼女をじっと見つめた。

「それでも僕、大学行ってるよ。あいつらには屈したくないんだ。だから、きみも行こうよ」

　彼女はうつむき、小声でつぶやいた。

「ちょっと、考えさせてほしい」

「待ってるから。きみは、何も悪くないから」

　ドアが閉められ、僕は彼女の住むアパートを出た。自分もつらかったのだけれど、そのときの僕は使命感に衝つき動かされていた。


「……どうしてわたしに構うの」

　こちらに背を向けたまま、彼女が訊たずねる。野菜を切る手が、ゆっくりと上下に動いている。

「構うって？」

「お風呂に入れとか、髪を乾かせとか」

「きみに元気でいてほしいと思ってるんだよ。それだけだ」

「ひきこもりなのに元気でいてほしいとか、バカみたい。どうしてあんたがわたしに構うのか、昔からわからなかった」

「構わないほうがよかった？」

「そうは言ってないけど」

「その結果が、いまのこのひきこもり生活だもんな」

「やめて。そういうこと、冗談でも言わないで」

蛍光灯に照らされた彼女の横顔は青白い。

「……中学生のときにね」

僕は初めて、その話を彼女に打ち明けようとしていた。

「いじめられていた女の子がいたんだ。僕はその子のことが好きだったのに、彼女を助けられなかった」

「だから、代わりにわたしを助けたの？　そんなことしたって、その子への償いになんかなりはしないのに」

「わかってるさ。それでも、もう見て見ぬふりは嫌だったんだ。あの日のきみの苦しげな顔が、その子にそっくりだったから」

彼女は口を閉ざす。包丁がまな板を打つ音だけが、規則的に聞こえてくる。

僕は何か言わないといけないような気がして、つまらない話題を振った。

「貸した本、読んだ？」

「ううん。あんなの、読んだってしょうがない」

ずいぶん投げやりなもの言いだ。

「いまどき、ひきこもりなんてそこまで恥じるようなことじゃないよ」

「そんなことない」

「きみは知るべきなんだ。しばらくひきこもりとして過ごした人間が、のちに立ち直って成功した例がいくつもあることを」

「本気で言ってるの？」

「もちろんさ。いまはまだ、その時期じゃないってだけだ」

突然、彼女が振り向いた。その片手には、いまなお包丁が握られていた。

「もしもあんたがそんな夢見がちでどうしようもないことを、本気で言ってるんだとしたら——」

包丁の刃が、蛍光灯の明かりを反射してぎらりと光った。

「いまここであんたを刺して、わたしも死ぬ」

僕が自宅を訪れた翌週、彼女はちゃんと講義に出席した。

あいつらはもう、彼女など眼中にないようだった。代わりに僕に対する暴力は、日に日にひどくなっていた。そのころには体に生傷が絶えず、しばしば金も奪われた。連絡網に住所が記されていたことが災いして、家の前で待ち伏せされることすらあった。とても大学生とは思えないほど幼稚で、残酷な嫌がらせは続いた。抵抗することも考えたけど、そしたら再び彼女に攻撃の矛先が向いてしまう気がして、逆らえなかった。

つらくても、彼女が大学に来るまでは。そう思って耐えていた。彼女が講義に出席し、あいつらから何ら危害を加えられないことを確認したら、僕の心が折れた。


「わたしが責任持ってあんたを殺す。そしたら楽になれるでしょう」

彼女が包丁の切っ先をこちらに向ける。僕は必死で彼女をなだめた。

「落ち着けって。そんなに思いつめなくても」

「じゃあ言ってよ。どうしたら、立ち直って成功できるのかを」

「それはわからないけど、とにかくいまはその時期じゃない――」

「その時期っていつ来るの。もう五年も経つのよ。限界よ」

彼女は両手で包丁を構え直し、声を震わせた。

「ひきこもりのまま生きてたって仕方ない。それならいっそ、わたしがあんたを殺してやる。わたしのせいで、ひきこもりになってしまったあんたを――」

椅子から動けない僕をめがけて、彼女が足を踏み出した。

あいつらの暴力に負けて、僕はひきこもりになった。

大学に行くのをやめたら、何もかもが億劫になった。当時は独り暮らしをしていたけれど、食べ物や生活必需品はネット通販と出前で何とかなった。何も知らない親からの仕送りは月一でネットバンキングの使える銀行口座に振り込まれ、大学に入ったときに生協でクレジットカードを作っていたため、現金すら不要の生活だった。

内気で友達が少なかったのは、彼女も、僕もだ。同じクラスのあいつらにとっては、僕なんて見下して当然の存在だったのだろう。そんな僕に反抗されたから、あいつらの嗜虐性に火がついたのだ。それを見て助けてくれる人はいなかったし、僕が大学に行かなくなってからも誰かに心配されることはなく、連絡も自宅への訪問もなかった。

彼女が僕の部屋に転がり込んできたのは、ひきこもり生活が始まって三ヶ月後のことだ。

彼女を助けたせいで僕が犠牲になり、その挙げ句ひきこもりになったことに、彼女は負い目を感じたらしかった。今度はわたしがあんたを助ける、彼女がそう言い切ったとき、僕は面食らいつつもその気持ちがうれしかったこともあり、追い返す気力もないままに押し切られた。そうして僕と彼女との、奇妙な同棲生活は始まった。

そのころから彼女は、同人活動でかなりの額を稼いでいた。その界隈では人気の作家だったのだ。大学の学費も自分で払っていると聞いて、僕は親のお金だと決めつけたことを詫びた。

彼女は大学にかよいながら、僕の家で漫画を描いてお金を稼ぎ、中退を余儀なくされて親に勘当同然の扱いを受け、仕送りも打ち切られた僕を経済的に支えた。彼女は初め、手描きで漫画を制作していたが、やがてパソコンによるデジタル作画に切り替えた。

新作を発売する即売会が近づくと、彼女は制作の追い込みでしばしばひきこもり同然の生活を送ることがあった。僕らが住んでいるのは、アクセスがよくない代わりに２ＤＫと余裕のある間取りだったので、彼女が忙しくなると僕は邪魔をしないよう、もうひとつの部屋に避難した。そういう時期を除けば、彼女は当たり前に外出するし、大学卒業後も漫画で生計を立てている、真っ当な一社会人である。

そんな彼女の優しさに甘えて、僕はひきこもり生活を続けた。ときに強がって前向きな風を装い、彼女に構うことで何かの役に立っていると思い込みながら、気づけば時間の感覚さえも失っていた。

そうか――あれからもう、五年も経ったのか。

どうやら僕は、彼女に甘えすぎたようだ。

「刺してくれ」

僕が言うと、彼女ははっと顔を上げる。

包丁の先端は、僕の腹にあと数センチというところまで迫っていた。五年前、そこにあるあざを見て助けると誓った僕の腹を、今度は彼女が傷つけようとしていた。

「もう、殺してくれ」

彼女がその場にひざを突く。包丁を持つ手が震えていた。

「刺せるわけないじゃない……そんなこと、できるわけないのに」

きみは、何も悪くないから。その一言が、出てこない。

テーブルの上に置かれた鏡に、僕は目をやる。伸ばしっぱなしの髪。最後にいつ剃ったのかも思い出せないひげ。落ちくぼんだ目。真っ白な肌。やせ細った腕。

これが、僕なのか。あの日、勇敢にも彼女を助けた——。

どうしたらいいんだろう。僕は濁った息を吐き出す。まな板のキャベツの上をコバエが飛び回り、ダイニングには彼女のすすり泣く声だけが響いていた。

女性がひきこもりだと思って読み進めていたのでびっくりした。すっかり騙(だま)されました。

2 / 1st week インタビュー

その質問に答える前に、初恋の話をしてもいい？

いや、わかってるって。こんな三十路(みそじ)女の初恋の話なんて、別に聞きたかないだろうってことくらいさ。わたしだって、何の脈絡もなしにそんな話を切り出すほど、トチ狂ってるわけじゃない。

ちゃんと答えようと思ったら、そこから始めるしかないんだよね。だからさ、まあ聞いてやってよ。長くなるかもしれないけど、せっかくこうしてインタビューしてもらってる以上、こっちも適当なこと言いたくないからさ。

わたしが育った家は、群馬(ぐんま)の田舎(いなか)のほうにある。

幼いころは、賃貸アパートを転々としてたらしいんだけどね。物心ついたときにはその一軒家に住んでた。親からしたら、夢のマイホームってやつ？　駅から近いことだけが売りの、おしゃれでもなければ広くもない、どこにでもあるような安普請でさ。たぶん、土地を含めても三千万円もあれば建つんじゃないかな。東京にいたら、ちょっと信じられない額だけど。

隣の家も似たようなものでね。いや、実際の値段がどうだったのかは知らないよ。だけどまあ、傍目にはどんぐりの背比べって感じの家が並んでたわけだ。その隣の家に、憲介くんって男の子が住んでて。どんな子って、ルックスはまあまあ整ってたかな。いままで言う塩顔で、体型はひょろっとしててね。性格は、どちらかと言えばやんちゃ。

その憲介くんが、わたしと同い年でさ。一緒に外で遊んだり、お互いの家を行き来したりしながら、まるできょうだいみたいに育った。

わたしは彼のこと、ケンちゃんケンちゃんって呼んでて――あ、ここ、使うなら仮名にしといてね。理由はあとでわかるよ。とにかく、ケンちゃんとはずっと仲よくて、まあときどきはケンカしたりもしたけど、隣にいるのが当たり前みたいな関係のまま、小学校の高学年になった。思春期にはまだ少し早くて、何の甘酸っぱい展開もなく、ね。

当時、人気だったのが、『ワードパラダイス』っていうバラエティ番組。若手芸人がいっぱい出てきて、ダジャレみたいなのを一ネタ言って、おもしろさでランク付けするっていう内容でさ。いま見るとわりとくだらないんだけど、これが世間に大ウケしてね。出演してる芸人さんたちはアイドルみたいな扱いを受けたりもして、ちょっとした社会現象になってた。ほら、番組レギュラーだった女の子の二人組がさ、おっぱいを寄せながら「それがどうした」っていうギャグ、すっごい流行ったよね。確か、その年の流行語大賞にもなった。

その『ワードパラダイス』に、わたしもケンちゃんもハマってたんだ。放送が毎週火曜日だったから、水曜の朝は、登校班の集合場所に定められたケンちゃん家の前で顔を合わせると必ず、「昨日のワーパラ観た？」って話になってた。ケンちゃんは「一位のネタ、最高だったよなあ」なんて、いつも楽しそうに言ってて。わたしはちょっとイケメンな感じの芸人さんが好きで、だけどケンちゃんは別の芸人を推してて、どっちがおもしろかったかって言い争いになったり。とにかく学校に着くまでずっと話が弾んで、わたしは番組の内容ももちろん好きだったけど、次の日にケンちゃんとワーパラの話をしている時間がまた、たまらなく楽しかったんだ。

そんな日々が、二年くらい続いたのかな。わたしとケンちゃんは小学校を卒業して、中学生になった。

変化はあったよ。わたしは好きじゃなかったスカートを制服として着るようになったし、登校班もなくなった。だけど、わたしのワーパラ熱は冷めなくてね。入学して間もない水曜日、違うクラスになったケンちゃんを学校の廊下で見つけてさ、それまでと同じように「昨日のワーパラ観た？」って話しかけたんだ。

そのときのケンちゃんの反応は、動画撮影したみたいに、はっきり憶えてる。うっとうしそうに「ああ」とだけ言って、ぷいとそっぽを向いてどっか行っちゃったんだ。

わたしはね、中学生になってもそれまでと同じ温度で、ケンちゃんとワーパラの話ができると信じて疑わなかったんだよ。だからそのときは、座ろうとした椅子をうしろにさっと引かれて尻もちついた、みたいな感覚っていうのかな。ほら子供のころ、そういういたずらが流行ったじゃん。あんな感じで、こっちは勢いづいちゃってるのに、すかされて、すごく欲求不満になった。わたしのこの、ワーパラの話をしたい気持ちはどこにぶつければいいの、って。

ケンちゃんもね、たぶんワーパラは観続けてたんだよ。だけどもう、わたしとそんな話をしたくはないみたいだった。思春期で、男女で仲よくするのが恥ずかしいってのもあったと思う。でもそれだけじゃなくて、これはあとからわかってくることなんだけど、ケンちゃんは中学に入ってから、あんまり柄のよくない友達とつるむようになってたみたいでね。わたしみたいな、別にかわいくもないし、自分で言うのも何だけど健全な、真面目な女と口を利くのは当時の言葉で言えばシャバいっていうかさ、ダサいって考えがあったんじゃないかな。

わたしは空気を読んでそれ以来、ケンちゃんにむやみに話しかけるのはやめた。特に、ワーパラの話は絶対にしなくなった。でもね、本当はとても寂しくて。進学して交友関係が変わるの、全然普通のことじゃん。ほかにも仲よくなくなった子は何人もいたんだよ。だけどケンちゃんの、あのときの反応は忘れられなくて。この感情は何なんだろうって考えてるうち、ふと理解したんだよね。

ああ――わたし、ケンちゃんのことが好きだったんだって。

これが、わたしの初恋だったんだって。

わかるかな。「昨日のワーパラ観た?」の一言で、わたしは自分の初恋が、気づくより先に終わったことを思い知らされたんだよ。

そんなワーパラも一時のブームは過ぎて、放送時間が深夜に移動したのも束の間、わたしが中学三年生のころには最終回を迎えてしまった。若手芸人にとっては登竜門的な番組だったから、ああ、ひとつの時代が終わったな、と感じた人は多かったんじゃないかな。

　ケンちゃんとは、たまに学校で話すこともあったけど、もちろん以前のようにはいかなくて。彼、すっかりヤンキーみたいになってさ、タバコ吸ってるのを見たこともあるし、殴（なぐ）り合いのケンカなんかはしょっちゅうしてたと思う。でもね、これだけはあいつの名誉のために言っておきたいんだけど、ケンちゃんは決して弱い者いじめをしたり、万引きとかの犯罪に手を染めたりはしてなかったよ。不良グループの一員ではあったけど、そういうとこ、彼は筋が通ってた。ほかの同級生からも、あいつはワルだけど話は通じるやつだって思われてたし、学校にもちゃんと来てたしね。

　そんなこんなで、わたしたちは中学を卒業して、高校に入った。わたしはまあ、そこそこ勉強できたから、地元では名の知れた進学校に。ケンちゃんは荒れてると評判の公立校に行ったね。学校が違っちゃったから、彼がどんな高校生活を送っていたのかはほとんど知らない。お隣のおばさんからは——ケンちゃんのお母さんってことね——ときどき息子の愚痴（ぐち）、聞かされてたけど。そこまで深刻そうでもなかったから、大きな問題は起こしてなかったんじゃないかな。

　高校を出ると、わたしは東京の私大に進んだ。このころはまだ、やりたい仕事とか、これといってなかったんだ。自分の学力に見合った大学を、何となく選んだってだけ。都内で独り暮らしを始めて、まあ世間一般の女子大生並みには、毎日エンジョイしてたかな。テニスサークルに入って、居酒屋でバイトして、彼氏もできたしね。ま、彼氏とはそんなに長く続かなかったけど。

実家を離れたことで、ケンちゃんのことはあまり思い出さなくなってた。彼は高校を卒業して、実家暮らしのまま、地元の建設会社で働き始めたってのは聞いてた。相変わらず柄の悪い連中との付き合いもあったみたいだし、いい歳こいてよそのグループとの小競り合いとかにも巻き込まれてたらしいけど、わたしからしたら知ったこっちゃないなって感じだった。初恋は、自覚したときには破れていたわけだしね。

でもね……はたちのころに、取り返しのつかない事件が起きちゃったんだ。

ある日、母から電話がかかってきてね。いきなりかけてくるなんてめずらしいなと思いながら出たら、母は明らかに切羽詰まってるわけ。どうしたのって訊いたら、母が言ったの。

「ケンちゃんが、人殺しで捕まった」

あのときの声、いまも耳にこびりついて離れない。

わたしはろくに事情も聞かないで、とるものもとりあえず実家へ飛んで帰った。母はずいぶん動揺してた。わたしは何があったのか、説明を求めたの。母は、お隣のおばさんから話を聞く時間が少しあったみたいで、ケンちゃんが捕まったいきさつを教えてくれた。

　ケンちゃんは地元の不良グループみたいなのに属してたんだけど、隣町に似たようなグループがあって、そのころ緊張状態っていうか、二組のあいだで摩擦があったんだって。縄張り争いっていうのかな、わたしにはよくわかんないけど。初めはガンつけたとかその程度のじゃれ合いだったらしいんだけど、こういうのって火種は小さくても、鎮火がうまくいかないと簡単に燃え上がっちゃうんだね。片方のグループが相手側の一員を拉致ってボコボコにするとか、ちょっと度が過ぎた抗争に発展しつつあった。

　当時、ケンちゃんには付き合ってる彼女がいた。どんな子かは知らないよ、会ったこともないし。ただその子が、ガソリンスタンドで働いてたらしくて、それが敵対してるグループに知られちゃったのね。それで、頭に血が上った連中が、ケンちゃんの彼女のとこに車でやってきて、彼女を強引に車に乗せて——。

　そこから先は、だいたい想像つくでしょう。ごめん、あんまりわたしの口から語りたくないんだ。とにかく、一線どころか二線も三線も越えたような、人として最低最悪のことを、そいつらはやったんだよ。

　ケンちゃんの彼女は、命は助かったんだけどね。ボロボロになって帰されて、ケンちゃんと会って、何があったのかを全部話した。ケンちゃんは、すぐに警察へ行こうって言ったみたい。でも、あれって当時は親告罪っていうか、本人に訴える気がなければだめだったんでしょう。彼女、もう思い出したくもないからって、警察に行くのを嫌がって。ケンちゃんには、どうしようもなかった。

本当に、どうしようもなかったと思うんだよ。わかる人がいたら教えてほしい。ケンちゃんはそのとき、彼女に何をしてあげればよかったんだろうね。

それから少しして、彼女は死んじゃったの。自殺だった。

……ごめん。どうしてわたしが泣くんだろうね？ 会ったこともない女の子の話なのに。だけどさ、この話を思い出すと、どうしても涙が止まらなくて。うん、ハンカチありがとう、大丈夫。もう、落ち着いたから。

とにかく、ケンちゃんは彼女の死に直面して、やつらに復讐を誓った。だって、彼女はみずから命を絶ってしまった。もはや、やつらを法で罰することはできない、ならば自分で手を下すしかない。そう考えるのは、こんなこと言っちゃだめかもしれないけど、無理もないことだと思うなあ。

ケンちゃんは同じグループの仲間を引き連れて、敵対するやつらのたむろする公園へ乗り込んだ。そして、やつらを容赦なく叩きのめした。文字どおり容赦なく、相手が戦意を失ってからも手を止めなかったんだそう。そして、彼女から聞いた、もっともひどい目に遭わせてきたやつのことを、ケンちゃんは殴り殺してしまった。やがて警察が来たとき、ケンちゃんは無抵抗で捕まったんだって。

この話を母から聞いたわたしは、お隣のおばさんに会いに行った。おばさんはわたしと会うどころじゃなかったと思うけど、何とか時間を作ってくれてね。わたしを家に上げてくれたおばさん、憔悴しきって痛々しいほどだった。わたしはおばさんに、ケンちゃんについて動きがあったら何でも知らせてくれって頼んでから、東京に戻ったの。

このときだった。わたしの中で、ある目標が浮かび上がったんだ。

ケンちゃんは満二十歳になっていたから、殺人罪で起訴されて、懲役十五年の刑が下った。情状酌量の余地はあった一方で、明確に復讐を意図して乗り込んでいったところが重く見られたみたい。

わたしはというと、大学三年生のころから就職活動を全力でがんばって、志望する企業から内定をもらった。そして大学を卒業していまの会社に入ると、脇目も振らず仕事に励んだ。当時はまだ、働き方改革みたいなことが言われるずっと前だったからね。その気になれば、いくらでも自分を追い込めたんだよ。同僚からは必死すぎるって嘲笑されたこともあったけど、わたしには目標があったから、ちっとも気にならなかった。とにかく死にもの狂いで働いて、異例とも言えるスピードで出世していったわけ。

　会社員になってからの十年はあっという間だった。同級生たちがどんどん結婚していっても、わたしは仕事を理由に恋人さえ作らなかった。そして三十三歳になったある日、お隣のおばさんから電話があったの。

　ケンちゃんの仮釈放が、三ヶ月後に決まったって。

　十五年のところを十三年だから、まあそんなものだろうね。ケンちゃん、すでに復讐を果たしたあとだったから、刑務所ではいたっておとなしく過ごしてたらしいよ。そこが認められて仮釈放されることになり、身元引受人である母親のもとに通知が来た、と。

　おばさん、いろいろ大変だったと思うよ。近所の人から白い目で見られたり、嫌がらせをされたりしたこともあったんじゃないかな。それでも引っ越しはしないで、ここは憲介の帰る場所だからって、懸命に守ってきたみたい。その家に、十三年という年月を経て、ケンちゃんが帰ってくることになったんだ。

　その知らせを聞いたわたしは、かねて温めていた仕事の計画を急ピッチで進めた。それが無事に終わると、休みを取って地元に帰ったんだ。ケンちゃんの仮釈放の日からは、一ヶ月くらい経ってたのかな。もう少し早くできたらよかったんだけど、それでも精一杯急いだほうでね。これ以上はどうにもならなかったんだよ。

群馬の実家に着いて、お隣のインターホンを鳴らすときは緊張したよ。おばさんが取り次いでくれて、しばらくして玄関から、ケンちゃんがひとりで出てきた。

そりゃあもう、ずいぶん変わってたよ。最後に会ったのは成人する前のことだったんだからね。すっかりやつれて、前髪なんか少し薄くなっちゃっててさ。同一人物だってことは見ればわかるんだけど、この人は本当にわたしの知ってるケンちゃんなんだろうかって、信じがたい気持ちさえあった。

当たり前だけど、わたしもまた、同じだけ歳をとってたんだ。ケンちゃんがこっちを見る目は、ちょっと動揺してはいたけれど、何の感慨も湧かないようだった。ほんと、張り合いがないよね。こっちはせっかく、会いに来てやったっていうのにさあ。

ケンちゃんはぼーっと歩いてきて、門の外でわたしと向かい合った。そこは昔、登校班の集合場所だったところ。寒い日でさ、わたしは着ていたダウンジャケットのポケットに両手を突っ込んで、言ったんだ。

「昨日のワーパラ観た？」

そう、その前の晩に、『ワードパラダイス』が放送されたんだ。ご存じのとおり、十八年ぶりの復活特番だよ。もちろん大きな話題になった。視聴率も、けっこうよくてさ。

中学生になりたてだったあの日、ケンちゃんにワーパラの話を「ああ」って流されたこと、実はわたし、ちっとも許してなかった。もう一度、同じところからやり直さないと気が済まなかったんだ。だからせっかくの復活特番の話も、またあんな感じで「ああ」って流されたら、わたし、ケンちゃんのこと引っぱたいてやろうかと思ってたくらい。

　ケンちゃんはちょっと面食(めんく)らったみたいになって、そのあとで、こう言った。

「一位のネタ、最高だったよなあ」

　そして、楽しそうに笑ったんだ。

　それからわたしたち、何時間も立ち話をしたよ。話題は全部、ワーパラのこと。それでわたし、やっと実感できたんだ。ああ、ケンちゃんだって。本当に帰ってきたんだなあって。


　……ごめん、ずいぶん話が長くなっちゃったね。

　それで、質問、何だったっけ？

　ああ、そうか。

　どうして今回、十八年ぶりに『ワードパラダイス』を復活させることにしたのか、だったね。

　こんなの公私混同の極(きわ)みだから、本当はよくないんだろうけどさ。

わたしはね、ただ、初恋をやり直したかったんだ。そのために、実現させたの。
ケンちゃんが捕まったあの日から、そのためだけに、わたしはがんばってきたんだよ。
――あるテレビ局のプロデューサーへのインタビュー

最後まで読むとすごくいい話なのですが、途中の展開が少し重すぎる気がします。

3 / 1st week

遺伝子検査

私がダイニングテーブルの上に一枚の紙を突き出すと、妻の陽子(ようこ)は首を傾(かし)げた。

「なあに、それ?」

五歳になる息子の大地(だいち)はすでに寝つき、陽子は冷蔵庫の前に立ったまま、風呂上がりに濡(ぬ)れた髪をタオルで拭(ふ)いていたところである。

この時間まで待ったのは、大地のことを思えばこそだ。気を抜くと叫び出しそうになるのを必死にこらえ、この瞬間を迎えた。

「よく読めよ。そこに書いてあることを」

陽子は私の向かいの椅子(いす)に座り、紙を手に取る。

数秒後、彼女の両目が、目玉がこぼれそうなくらい大きく見開かれた。

今日、仕事を終えて帰宅し、書斎の机の上に置かれていた封書——陽子が置いたのだろう。職業柄、私のもとにはさまざまな封書が届くため、妻には無断で開封しないよう言いつけてある——を開いてその紙に記された文言を目の当たりにしたとき、私は卒倒しそうになるほどの絶望を味わった。この五年間、頭の片隅で絶えず恐れ続けていたことが、とうとう現実になってしまったのだから。

陽子の体がぶるぶる震え出す。その両手で持たれた紙の上部には、〈私的ＤＮＡ型父子鑑定書〉の文字がある。そしてすぐ下の結果の欄に、次のような文言が記されていた。

〈「擬父」は「子ども」の生物学的父親とは判定できない。父権肯定確率：０％〉

「大地は、俺の子じゃない」

鑑定書がテーブルの上にはらりと落ちる。陽子は、両手で顔を覆って泣き出した。

陽子と出会ったのは、卒業からちょうど十年の時を経て開催された高校の同窓会の席だった。

同学年なら出会いは高校時代なのでは、と思われるかもしれない。だが私にとっては、陽子は同窓会で出会ったという以外に言いようがなかった。部活はおろか同じクラスにもなったことがなかったせいか、高校時代の印象がまるでなく、こんな女子がいただろうか、と思ったほどだった。長時間の立食に少し疲れ、会場の隅に設けられた椅子に腰を下ろしたとき、隣に彼女が座っていなければ、話しかけようとはしなかっただろう。

「ごめん。名前、何だっけ？」

こちらから訊ねると、彼女は妙になじんで見える苦笑を浮かべた。

「わたし、地味だったから憶えてないよね。わたしは当麻くんのこと、憶えてるよ」

当麻というのが私の、そしてのちに彼女のものにもなる姓だった。

「俺だって、どっちかと言えば地味だったよ」

「そんなことない。当麻くん、けっこう目立ってた。頭よかったし」

彼女は氏名を名乗ったが、このタイミングで苗字で呼び始めるとのちのち、彼女が結婚などした際にどう呼んでいいかわからなくなることを、当時二十八歳の私は経験から知っていた。なれなれしく《陽子》と呼んでも、彼女は嫌な顔をしなかった。

「それで、陽子はいま、何をしているんだ？」

高校時代に共通の思い出がない相手と会話するにあたっては、職業あたりがもっとも無難な話題だろう。私の質問に、陽子は輪郭の曖昧な声で言った。

「看護師だよ」

「へえ。どこの病院？」

続く彼女の答えを聞いて、私はリアクションに窮した。彼女が名を挙げた、地元でも有名なその総合病院は、半年ほど前に投薬ミスなど複数のショッキングな医療事故を立て続けに起こして、現在もマスコミや世間から猛バッシングを受けている最中だったからだ。

「立派なところにお勤めなんだな」

言いよどむ間を読み取られたからだろう、彼女はまたしても苦笑した。

「気を遣わなくていいよ。知ってるでしょう。うちの病院、いま大変なんだ」

彼女からどことなく卑屈な雰囲気を感じるのはそのせいだったのか、と察した。もしかすると、単に性分なのかもしれなかったが。

手を差し伸べたのは、彼女に惹かれていたからではない。いたたまれない空気に耐えられなくなっただけだ。

「俺、弁護士やってるんだ。力になれるかどうかわからないけど、困ったことがあったら相談してよ」

「本当？　ありがとう。そう言ってもらえるだけで、心強い」

成り行きで陽子と連絡先を交換したところで、時間が来て同窓会はお開きになった。別れ際に陽子と手を振り合った瞬間、彼女の着ていたボレロの袖がめくれてあらわになった腕に青あざが見えたような気がしたが、そのときは酒を飲んでいたこともあって深く気に留めはしなかった。

陽子は十分間にもわたって号泣を続け、私は彼女の釈明を辛抱強く待たねばならなかった。

やがて大雨が小降りになるように、洟をすする音が途切れたとき、彼女の口から小さな、それでいて意を決したような硬さを持った声がこぼれた。

「……心当たりがない」

絶望の中にありながら、私はいささか鼻白んだ。

「そんなはずはない。検査結果が示してる。大地が俺の子ではない以上、きみがほかの男の子供を産んだとしか考えられない」

「でも！　ないものはないの！」

陽子が激昂したので、私はちらと子供部屋のほうを見た。

「静かにしろ。大地が起きたらどうする」

陽子はまたさめざめと泣き始める。

「五年以上も前のことだ。忘れてしまったんじゃないか」

「検査結果が間違っている可能性はないの」

「ありえない。遺伝子検査は正確だ」

「だって……本当に、身に覚えがないんだもの……」

あくまで白を切る気か。認めればあらゆる意味で不利な立場に置かれることは明白なので、精一杯悪あがきをするしかないようだ。

「どうして俺が、遺伝子検査をしようと思い立ったのかわかるか？」

目頭を押さえつつ、陽子は首を横に振る。

「赤ん坊のころからずっと、大地は俺に似ていなかった。でも、それだけなら遺伝子を調べようとまでは思わなかっただろう」

「じゃあ、どうして？」

私はかつて見た、憎き顔を思い浮かべながら吐き捨てた。

「似てきたからだよ――あの男に」

同窓会のあとも、何とはなしに陽子と連絡を取り合った。

ある種の礼儀かと思って食事に誘うと、恋人がいるから、と断られた。ショックはそれほど大きくなかったが、引っ込みがつかなくなった私は、「それなら今度きみの病院を受診するよ」というメッセージを送った。そのころ罹患したタチの悪い風邪の名残で、咳がいっこうに治まらなかったのだ。

陽子は「耳鼻咽喉科にいい先生がいるから」と、私の受診を歓迎してくれた。文字だけのそのメッセージがどこかうれしそうに見えたのは、おそらく私の思い上がりだろう。

平日は仕事があり動けないので、次の土曜日の午前中に総合病院へ向かった。診察を終えて診察室を出ると、廊下に陽子が立っていた。

「本当に来てくれたんだ。ありがとう」

「ああ。吸入を受けた。治りそうな気がするよ」

彼女の顔を見たことで義理は果たしたという気分になり、私は帰ろうとした。しかしきびすを返したとき、彼女が私を呼び止めた。

「あの」

振り返る。彼女の顔に、おびえのような影が一瞬、よぎった。

「どうした」

「ごめんなさい。何でもないの」

職業柄、こういう反応を示す依頼者に出会った経験は少なくなかった。重大な事実を目の前の弁護士に話すべきか話さざるべきか、葛藤しているのだ。

陽子は胸の前で両手を揉んでいる。よく見ると、首筋に青いあざが浮かんでいた。

「今夜、きみの仕事が終わったら二人で話そう」

私は彼女の耳元で言った。

「でも」

「個室のある店を予約する。入るときも出るときも別だ。誰にも見つかる心配はない」

私は彼女を残して立ち去り、病院からは少し離れた街にあるビストロの個室を予約すると、彼女の携帯電話にメッセージを入れておいた。男としてというより、友人として彼女を救わなければという義務感から出た行動だった。

その日の夜、早めに店に行って陽子を待った。彼女は時間どおりに現れた。強張った顔が、私を見るとほんの少し和らいだ。

料理と少々の酒を味わいつつ、私は彼女から話を聞き出そうとした。

「何か、相談したいことがあるんじゃないか」

彼女はナイフとフォークを持つ手を止め、うつむいた。

「こんなこと、話したってどうにもならないかも……」

「それでもいい。話せば楽になることもある」

私がうながすと、彼女は消え入るような声で告げた。

「恋人から、暴力を振るわれているの」

あざを見たときに、半ば予想されたことだった。私は断固として言った。

「別れるんだ」

「でも、彼を愛しているから」

「暴力を黙って受け入れるのを、愛とは呼ばない」

「わたしね、職場の病院の不祥事続きで、精神的にすごく参ってたの。そこを彼に支えてもらったから、いまでも彼がいないと不安で……」

最後のほうは、嗚咽で言葉が聞き取れなかった。私は優しい口調に切り替える。

「だけど、その状況を変えたくて、俺に何かを言いかけたんだろう」

「彼に頭を冷やしてもらいたいの。暴力さえやめてくれれば、それでいい」

これまでにも仕事でＤＶに関するさまざまな案件に対応してきた私は内心、恋人を完全に改心させるのは難しいだろうと感じていたが、口には出さなかった。

「何とかしよう。弁護士が出ていけば、それだけでおとなしくなるケースは少なくない」

陽子は目尻に涙を溜めたまま、にっこり笑った。

「ありがとう、当麻くん」

彼女のことが好きかもしれない――そう、私が初めて感じたのはその瞬間だった。

「あの男とは、切れたもんだと思っていたよ」

私が言うと、陽子ははっと顔を上げる。

「何のこと？」

「大地の顔、どんどんきみの昔の恋人に――あの暴力男に似てきたじゃないか。俺と付き合い始めてからも、ひそかにあの男と関係を持っていたんだろう」

「そんなわけないじゃない！」

陽子が声を荒らげたので、私は子供部屋のほうにあごをしゃくった。

「大きな声を出すなと、何度言ったらわかる」

「……ごめんなさい」

「きみは暴力を振るわれてもなお、あの男に惚れていた。それを無理やり引きはがしたのは俺だ。……信じたかった。きみが、あの男よりも俺のほうを強く愛してくれていると」

「そうじゃなきゃ、結婚して子供を産んだりしない」

「きみは、いまでも気づいていないんだろう」

「何に？」

彼女は出会ったころの卑屈さを彷彿させる態度で、上目遣いになった。私は苛立ちを抑えつつ、ある出来事について初めて告白した。

「俺は、あいつに出くわしてるんだよ——きみが出産直後に入院していた、あの病院で」

私の勧めで、陽子は住まいを替えた。同時に、私は彼女の恋人だという男に書面で警告を発した。いつでも警察に通報することができ、また慰謝料を請求する用意がある旨を伝えたのだ。陽子は職場まで替えたわけではなかったので、男はその気になればいつでも陽子に会いに来ることができたのだが、幸いそのような展開にはならず、事態は平穏に推移した。

それから数ヶ月間、私は恋人と決別するよう陽子に説得を続け、同時に交際を申し込んだ。すぐにはいい返事をもらえなかったが、粘り強く接するうちに陽子は心を動かされたようで、出会って半年が経つころに私は彼女との交際をスタートさせた。その一年後、計画外ではあったが彼女の妊娠が発覚し、私たちは籍を入れることになった。

信頼できる医師がいるという理由で、陽子は職場の総合病院で出産することになった。彼女は初産にしては安産だった。立ち会った私は、生まれてきた息子が懸命に産声を上げる姿を見て涙した。母親の名前に太陽を表す一文字が含まれるなら、その暖かな光を全身に浴びて元気に育ってほしいと願い、大地と名づけた。

出産から五日後のことだった。入院中の妻子に会いに、産科のある病棟の入り口をくぐろうとしていたときだ。

正面から来た男の顔をすれ違いざまに見て、私は足を止めた。

間違いなかった。警告を発するに先立ち、私は陽子から、何枚もの写真を見せてもらっていた——病棟から出てきたのは、陽子に暴力を振るっていたという、あの男だった。

頭に血が上った私は彼を追いかけ、いきなり胸倉（むなぐら）をつかんだ。

「おまえ、何でこんなところにいる」

「ああ？　誰だよてめえ」

男は私の顔を知らなかったらしく、困惑しながらもすごんでみせた。私はさらに詰め寄った。

「何でここにいるのかって聞いてるんだ」

「わけわかんねえんだよ！」

男から突き飛ばされ、私は固い床に尻餅（しりもち）をついた。

「ガキ見に来たんだよ。何か文句あんのか。クソが」

男は吐き捨て、去っていく。私は呆然（ぼうぜん）として、その姿を見送った。

子供を見に来た？　まさか、陽子はあのあとも私の知らないところで彼とつながってい
て、私ではなく彼の子を身ごもったのか？　確かに陽子と関係を持つとき、私は常に避妊
具を用いていたはずではあったが――。

悪い妄想が膨らみ、動悸が激しくなる。しかし、ふらつく足取りで妻子のいる病室に入
ると、陽子は屈託のない笑みで私を迎えてくれた。

「ほら大ちゃん、パパが来てくれましたよー」

その姿を見ていると、疑念も薄らいでいった。大丈夫。あの男はきっと、陽子が出産し
たことをどこからか聞きつけて、未練がましく様子を見に来ただけなのだ。《ガキ》とい
う言葉は、必ずしも自分の子供だけを指しはしないじゃないか。こんなに幸せそうな妻を
疑うなんて、どうかしている。

以来、その日のことは記憶の片隅にありながらも、私は大地を当然のように自分の息子
として育てた。だが、成長するにつれあの男に似ていく大地に、一度は笑い飛ばしたはず
の疑念が再び頭をもたげ、私はそれを否定したい一心で、遺伝子検査に踏み切ったのだっ
た。

産科の病棟の入り口であの男を見かけた旨を告げると、いよいよ反論する気力を失った

のか、陽子は温度のない声で「少し時間をください」と言い、夫婦の寝室へと消えた。その後ろ姿は、月並みだが亡霊のようだった。

　翌日より、私は大地と変わりなく接するよう努めながらも、今後の身の振り方について考えていた。陽子とは一言も口を利かなかった。考えがまとまったら、向こうから話しかけてくるだろうと思っていたからだ。父親として大地と遊びながら、あるいは夫婦の寝室で妻に背を向けて眠れぬ夜を過ごしながら、私は幾度も涙し、自分の運命を呪った。

　そんな日が一週間続いたある夜更け、私は久々に陽子に声をかけられた。

「そこに座って」

　私たちはあの運命の夜と同様に、ダイニングテーブルをはさんで向かい合った。

　陽子は何も言わずに、一枚の紙をテーブルの上に置いた。その紙を一瞥し、私は鼻から息を吐き出した。

「一週間前、俺がきみに見せた鑑定書じゃないか。それが、どうかしたのか」

「もっとよく見て」

　陽子が思い詰めた様子で言うので、私は紙を手に取った。

　そして、絶句した。

　紙の上部の文字は、〈私的ＤＮＡ型母子鑑定書〉となっていた。結果の欄には、こう記されていた。

〈「擬母」は「子ども」の生物学的母親とは判定できない。母権肯定確率：０％〉


「大地は、わたしの子でもなかった」

陽子の声は、ほとんど悲鳴と化している。

「そんなバカな……だって、きみが産んだはずじゃ――」

そこで私は、あの病院がかつて起こした複数の医療事故に含まれていた、ある一件に思い至った。

新生児の取り違え――。

それじゃあ、まさか、あの男の実子と。

「……疑ったりして、すまなかった」

からからに渇いた喉から、その一言をひねり出すのが精一杯だった。陽子の妊娠は、避妊の失敗によるものだった。この世のどこかに、私たちの血を受け継いだ子供が存在しているのだ。

鑑定書を持つ手が震える。その手を、陽子が両手で包み込んだ。

「わたしたち三人は、家族だよね」
うなずくことしかできない。私と陽子と大地の、戦いの日々が始まろうとしていた。

その可能性があったか、と膝を打ちました。家族の今後が気になる。

4 / *1st week*

無記名のラブレター

その日、うちの中学校は一学期の期末テスト期間中で部活動がなかった。放課後、校舎の昇降口にある靴箱からスニーカーを取り出したとき、一枚の紙がひらりと落ちた。

スニーカーの上に載（の）せられていたものらしい。紙の行方を目で追うと、それはヘッドスライディングをするように簀（す）の子（こ）の上をすべり、二メートルほど先で止まった——折しもそこにやってきた、入山冬子（いりやまふゆこ）の上履（うわば）きの爪先で。

舌打ちしたい気持ちをこらえ、ぼくはスニーカーを元の位置、靴箱の一番左上のマスに戻す。制服のズボンのポケットに両手を突っ込み、すでに紙を拾い上げて見入っている入山に近づいた。

「原田（はらだ）くん。これ、ラブレターだよ」

入山は目をキラキラさせて言う。クラスメイトだが、そんなにしゃべったことはない。明るくて奔放で、だが特定のグループに属している様子はなく、何を考えているのかよくわからない女子だ。何も考えていないのかもしれない。

ぼくは困惑しつつ訊き返す。「ラブレター？」

「ほら見て」

入山が差し出した紙を受け取る。クリーム色の犬のキャラクターが描かれた、いかにも中学生の女子が好みそうな、トレーディングカードくらいのサイズのメモ用紙だ。その真ん中に、これも女子っぽい丸文字で、次のように記されていた。

〈好きです。付き合ってください〉

「わたし、すごいもの見ちゃった」

こっちはこっちで中学生の女子らしく、人の色恋沙汰に興奮気味だ。

「テスト期間中にコクるなんて、大胆っていうか、余裕あるっていうか」

「花火大会に彼氏と行きたいんだろ」

今年の地元の花火大会は二日後、期末テストの最終日と同日に開催される。中高生がカップルで行くのが定番となっており、この時期は新学年が始まってほどよく日が経っていることとも相まって、同級生が付き合っているのどうのという噂をしばしば耳にする。

ふむふむとうなずいたあとで、入山が訊ねてくる。

「で、どうするの」

「どう、って」

「付き合うのかって訊いてるの。この子、原田くんのことが好きなんだよ」

「あらためて強調しなくていいって」

「付き合うの、付き合わないの」

ぼくは手紙に目をやって、

「でも、付き合うったって、誰と」

「決まってるじゃん、この手紙を書いた子と……あれ。言われてみれば、名前がないね」

手紙には、簡潔な本文があるばかり。差出人を示す文字はどこにも記されていなかった。

「何で名前、書かなかったのかな」

「さあ。おっちょこちょいなんじゃないの」

「心当たりは?」

「ないね。ぼくなんか、モテそうに見えないだろ」

入山はぼくの言葉を無視して、面倒な提案をしてきた。

「誰が書いたのか、突き止めようよ。わたしも協力する」

「どうして。入山さんには関係ないじゃないか」

「いいじゃん、手紙を拾ったのも何かの縁だし。原田くんだって、誰に告白されたのか気になるでしょう」

「別に。どうでもいいね」

「はぁー！　どうでもいいわけないじゃん。誰かわかんないと、返事もできないんだよ。無視なんて一番だめ。この子、傷つくよ」

「名前を書かないのが悪いよ」

「いいから、手紙貸して」

有無を言わさず、ラブレターを奪われた。入山はあごに手を当て、考え込んでいる。

「この手紙の主を突き止めるには……」

「入山さんの好奇心、どっから湧いてくるんだよ」

「わかった！　筆跡を調べればいいんだ」

誰でも思いつきそうなことを、さも名案であるかのように言う。

「筆跡って、どうやって」

「職員室に行けば日誌があるよね。そこに、クラス全員分の文字が書かれてるはず」

うちの中学校では毎日、クラスの中から男子と女子が一名ずつ、それぞれ出席番号順に日直を務めることになっている。出席番号は氏名の五十音順に決まっており、男子が先、女子があとだ。

日直は一日の終わりに、日誌にそれぞれ二、三行のコメントを書き込む。ぼくや入山のいる二年三組は総勢四十人で男女はちょうど半々、登校日が二十日(はつか)あれば日直が一周する計算だ。つまり、およそ月一ペースで日直が回ってくる。一学期の終わりも近いこの時期なら、当然ながらすべてのクラスメイトが日直を経験済みというわけだ。

「うちのクラスの生徒だとは限らないと思うけど」

「だったら、違うクラスの日誌も見せてもらえばいいよ」

「時間がかかりそうだな。ていうか入山さん、帰るところだったんだろ。テスト勉強しなくていいの」

「気になって勉強が手につかないほうがまずいって。ほら行くよ」

本音を言えば帰りたかったし、入山にはこんなことに首を突っ込んでほしくなかったが、彼女はぼくをつかんで放さない。かたくなになるのも変なので、仕方なく職員室へ同行することにした。

「失礼しまーす……」

二人して小声で言いながら、校舎の一階にある職員室に入る。二年三組の担任教師のもとへ行き、日誌を見たいと話すと、担任は理由も聞かずに貸してくれた。

入山は職員室の外の廊下に出るなり日誌を開く。一ページ目には合庭（あいば）という男子と浅野（あさの）という女子のコメントが並んでいる。二ページ目は秋元（あきもと）と目の前にいる入山冬子、三ページ目は牛尾（うしお）と江本（えもと）……といった具合。几帳面（きちょうめん）な字でその日の出来事を細かく書いている生徒もいれば、明らかにやっつけで書いたとおぼしきコメントも見受けられるなど、内容は日によってまちまちだ。

「原田くんのことを好きなのが女子だとは限らないけど、この手紙の文字はどう見たって女子のそれだよね」

入山はそう言いながら、女子のコメントの筆跡だけをチェックしていく。やがて、彼女の視線があるページの上で止まった。

「この字だ。間違いない」

ぼくも日誌をのぞき込む。そして、心臓がどくんと跳（は）ねた。

仲村（なかむら）かずさ——それは、ぼくが恋をしている女子だった。

予期していたことではあったのだ。しかし判明してみると、現実だとは受け入れがたい。

「そうだねえ」

「あとはこっちで対応しとくから、今日はもう帰ろう」

「わかった。仕方ないね」

仲村が帰ってしまったとあってはどうすることもできないと思ったのか、入山は素直にしたがう。簀の子の上に降り、靴箱の真ん中あたりから自分のスニーカーを取り出して地面に落としたところで、こちらを見て言った。

「何、ぼーっと見てるの。原田くんも帰るんでしょ」

「ああ、ぼく、その前にトイレに行こうと思って。じゃあ、ここで」

ぼくは彼女に背を向けて、昇降口を離れようとした。ところが、

「待って」

入山に呼び止められてしまった。

「まだ何か？」振り返る。

入山の視線は、錐のように鋭かった。

「うかつだったよ。この靴箱、使う生徒の名前が書かれてないからね。さっきは見逃しちゃった」

またしても舌打ちが出そうになる。いまさら気づかなくたっていいのに。彼女の好奇心

の強さが恨めしい。

「自分の靴を取り出して、思い出したよ。靴箱も、出席番号順に並んでるんだ。一番左上にあるのが、原田くんの靴であるわけがない」

　個人情報保護のためなのか何なのか知らないが、うちの中学校の靴箱には、使用する生徒の名前が表示されておらず、出席番号すら振られていない。しかし、ここで靴を履き替えるわけだから当然、そこには常に誰かの靴か上履きが入っているわけで、生徒が使用するマスは年間を通して決まっている。新学年のスタートとともにそれを確定させ、以後は自分のマスを憶えて使うことになるのだが、マスの位置はよほどのことがない限り出席番号順に並んでいる。一番左上が出席番号一番、そこから右に二番、三番と進み、下の列も同様である。出席番号は男子が先なので、男子が上を、女子が下を使うのは、身長の観点からもおおむね理にかなっている。

　靴箱の左上を見る。先ほどそこに入っていたスニーカーは、いまはもうなくなっており、代わりに上履きが残されていた。ぼくらが職員室に行っていたあいだに、主が帰ってしまったのだろう。

「そう考えると、ラブレターが無記名だったのも納得がいく。普通は、差出人の名前を書かずにラブレターを出すという行為にメリットなんてない。せいぜい、偽のラブレターを受け取った人の反応を見て楽しむといった、ドッキリみたいなことができるくらい」

　だけど差出人の名前を書く必要がない場合もある、と入山は続ける。

「それは、名前を書かずとも、受け取った人に差出人が誰であるかが伝わる場合。たとえば今日、かずさちゃんはあらかじめ、相手に耳打ちしておいたのかもしれない――靴箱に手紙を入れておくから見といて、とね」

　なるほど、と感心する。それなら差出人の名前はいらない。ほかの誰かに見られたら恥ずかしいなどの理由で、あえて名前を書かないことも考えられる。

「わたしは原田くんに、差出人の心当たりはあるのかと訊ねた。そこで『ない』という答えが返ってきたから、わたしたちは差出人を突き止めなくてはならなくなってしまった。でも本当は、こんなの謎でも何でもなかったんだ」

　突き止めなくてはならなくなってしまった、だって？　そんなこと、こっちは頼みもしなかったのに。

「心当たりなんて、あるわけなかったんだよね――この手紙は、原田くんの靴箱に入れられたものではなかったんだから」

　入山の視線が、さらにとがった。

「どうして言わなかったの。この手紙は、自分に宛てて書かれたものじゃないって。かずさちゃんが好きなのは、自分じゃないんだって」

まだだ。まだ大丈夫だ。何とでも言い訳できる。ぼくは冷静になるよう、自分に言い聞かせる。

「何となく言い出しにくかっただけだ。他人のラブレターを勝手に見ちゃったなんて、知られるとばつが悪いからね」

「質問を変えたほうがよさそうだね」

しかし、入山はぼくを逃がしてはくれない。

「靴箱の一番左上は、出席番号一番の合庭くんが使ってるよね。原田くんは、確かに彼の靴を手に取っていた。いったい、何をするつもりだったの」

今度こそ、ぼくは舌打ちをした。なぜ、忘れてくれないのか。これまで、奔放で何も考えてなさそうで、ぼくにとっては無害だと認識していた入山のことを、嫌いになりそうだった。

「原田くんは合庭くんの靴に対して、何かよくないことをしようとしていた。それをわたしに悟られないために、あの靴が自分のものであるように見せかけ、ラブレターも自分宛だと偽(いつわ)った。そうでしょう」

「考えすぎだって。合庭の靴が、どこのメーカーの何ていうスニーカーなのか気になったんだ。それだけだよ」

「嘘。本当は、靴を隠そうとでもしたんじゃないの」

「違う」

「証明できる？」

「そっくりそのまま返すよ。ぼくが合庭の靴を隠そうとした証拠なんて、どこにもないだろ」

入山が口をつぐむ。ぼくは内心の安堵を面に出さぬよう努めつつ、冷笑を浮かべた。

「もういいかな。ぼくはトイレに行きたいんだ。じゃ、また明日ね、入山さん」

体を反転させ、両手をズボンのポケットに突っ込んで歩き出そうとした、そのとき。

入山が、昇降口に響き渡る声で告げた。

「ポケットの中、何が入ってるの」

硬直する。心臓が、早鐘を打つ。

いまや、はっきり自覚していた。ぼくは、危ういほど好奇心旺盛な彼女のことが、大嫌いになっていた。

「わたしがラブレターを拾ったとき、原田くん、ズボンのポケットに手を入れたよね。あのとき、手に持っていた何かをポケットに移したんじゃないの」

「そんなことしてない」

ポケットから両手を出し、背を向けたまま反論する。入山は引かない。

「見せて。やましいことがないならいいでしょう」

「やめろって――」

抵抗するより早く、入山が背後に迫ってぼくのズボンのポケットに両手を突っ込んでいた。直後、声を上げたのはぼくだった。

「痛い」

「これ――」

入山がポケットから手を引き抜く。握りしめていた右のこぶしを、ゆっくり開いた。

とうとう、ぼくは観念した。もはや言い逃れはできそうにない。

入山が、先ほどまでとは打って変わって静かな口調で問う。

「どうしてこんなことを。原田くん、合庭くんとは仲よかったよね」

「……誰にも言わないって約束してほしい。そしたら、全部正直に話す」

「言わないよ。未遂なんだし、言う必要がない」

もとより弱みを握られたぼくに選択権などなかったが、ここは入山の言葉を信じることにした。

「ぼくは、前から仲村さんのことが好きだったんだ。合庭にも、こいつならと思って打ち明けてた。だけどあいつ、ぼくの気持ちを知ってるくせに、最近仲村さんと仲よくしてて」

情けないことを白状しなければならないみじめさで、体温が下がるのがわかった。

「昨日、仲村さんに告白したんだ。一緒に花火大会に行こうって。そしたら彼女、こう言った」

――ごめんなさい。あたし、合庭くんのことが好きなの。

「悲しくて、悔しくて、合庭のことが憎くなった。ぼくがやったってバレないように、あいつに痛みを味わわせてやりたくなって、こんな方法しか思いつかなかった」

まさか同じ日に仲村かずさが、よりによって合庭の靴の上にラブレターを置くなんて。そんな、運命のいたずらとでもいうべき偶然が、入山の好奇心を刺激し、回り回ってぼくの企みを暴いてしまった。

最低なぼくを、入山は笑いも罵りもしなかった。代わりに、たった一言だけ告げる。

「そんなことしても、かずさちゃんは振り向いてくれないよ」

ぼくはうなだれ、うめくように答えた。

「わかってる……そんなの、言われなくてもわかってるよ」

入山の手のひらの上には、いまも画鋲(がびょう)が載っている。それがさっき、入山がポケットに手を入れた瞬間にぼくの太ももに刺さったのは、きっと罰(ばち)が当たったってやつなんだろう。

中学生らしい、かわいいお話。こういうのもミステリーって言うんでしょうか。

5 / *1st week* 催眠

「……いいですか。じーっと見つめていると、この五円玉がだんだん揺れてきます……」

慎重に、慎重に。緊張を面（おもて）に出さず、低く落ち着いた声で、鏡に向かって練習してきたフレーズを繰り返す。

心なしか、彼女の目はとろんとして見える。二人で暮らす自宅の、ダイニングの椅子（いす）に深々と腰かけて、五円玉を結（ゆ）わえたたこ糸の端を右手の人差し指と親指でつまんでいた。彼女と向かい合う位置で、僕は床に片膝（かたひざ）をついている。

「ほら、少ーしずつ揺れてきましたね。さらにこの五円玉が、今度は円を描き始めます……」

糸で吊（つ）るした五円玉は、催眠術の道具としてはあまりにもメジャーだが、やはり有用だ。元来、五円玉をぴたりと止めた状態でキープしておくほうが困難なので、ほうっておいても五円玉は自然と揺れるのだ。けれどもそれを催眠術の効果だと思い込ませることができれば、被験者と催眠術師とのあいだに信頼関係を築け、導入の役目を果たしてくれる。

いま彼女がぶら下げた五円玉は、単純な左右の反復から楕円を描く運動に変化しつつあった。これだけで催眠術にかかったとみなすのは早計だが、滑り出しは悪くない。僕は高揚と不安とがないまぜになった感情を内に秘めたまま、彼女に語りかけた。

「では、五円玉を置いてください。次に右手を差し出して、ぐっとこぶしを握ってみましょう……」

それはある秋の日の朝、自宅のダイニングの椅子に座って、こんがりと焼けたトーストにバターを塗っていたときのことだった。

「もう、好きじゃないかも」

彼女が湯気の立つマグカップを口元に運んでからつぶやいたので、僕は初め、中に入っているコーヒーの話をしているのだと思った。

「ちゃんと豆を挽いて淹れたから、おいしいと思うけど。紅茶がよかった？」

「ううん、そうじゃなくて」

マグカップをテーブルに置き、彼女はこちらに向き直った。その眼差しがいかにも真剣だったので、僕は何だか彼女のもこもこのパジャマと不釣り合いだな、と思った。

「わたし、もうあなたのこと、好きじゃなくなったかも」

僕は手にしていたバターナイフを、白い皿の上に落っことした。日が差し込む窓の外で、雀がちゅん、と間抜けな声を上げた。

「ごめんなさい」

「そんな、いきなり謝られても」

情けないことに、僕はうろたえるばかりだった。彼女と同棲を始めて、すでに二年が経過していた。お互い今年で三十歳になり、僕はそろそろ結婚も視野に入れていた。

「僕、何か悪いことした？」

「してないよ。あのね、たんぽぽってさ、誰が植えたわけでもないのに、道端で咲いてるじゃん。でさ、しばらく経つと、枯れて茶色くなってたりするじゃん」

なぜ彼女が突然たんぽぽの話を始めたのか、僕には理解できなかった。

「人を好きになるのも、たんぽぽと同じようなものだと思うんだよ。理由なんて全部後づけで、本当はただ、気がついたら好きになってるってだけ。だったら、好きじゃなくなることにも、やっぱり理由なんてないんじゃないのかなあ」

「つまり、きみの中の僕を好きだと思う気持ちが、さしたる理由もなく、知らぬ間に枯れちゃったってこと？」

「まあ、そうなるのかなあ」

なぜ他人事のように言うのだろう。僕は焦りを感じつつ、問いただした。

「で、どうするの」

「どうって？」どうも、彼女は明言を避けたがっている節がある。

「僕と別れたいのかってこと。じゃなきゃ、こんな話しないだろ」

「そうだねえ」

彼女はコーヒーをとくりと飲んだ。動揺をごまかしたいようには見えない、余裕を感じさせる仕草だった。

「わたしたち、一緒に住んで長いじゃない？　初めのうちはいろいろ合わなくてケンカもしたけど、最近ではずいぶん穏やかになったよね。これをほかの誰かと一からやり直すところを想像すると、正直ぞっとしないのよねえ」

「うん。同感だ」

「それに、わたしも年齢を考えるとぼちぼち結婚したい。いまから別の人と付き合い始めたとして、結婚に至るまでには時間がかかりそうだし、もちろん次の相手とうまくいく保証だってない」

「要するに？」

結論を急かす僕に、彼女は自分でも本気では信じていないような調子で告げた。

「あなたのことをまた好きになれたら、それが一番楽、ってことなのかな……？」

《いい》とか《理想》ではなく《楽》という言葉を選ぶあたりに、彼女の本音がにじみ出ている。

それでも僕は、散歩から帰ろうとする飼い主を引き止める犬のように、未練がましく彼女にしがみついた。彼女のいない人生なんて、考えられなかったからだ。

「チャンスが欲しい」

僕は、自分は何も悪くないはずだと知っていて、頭を下げた。

「もう一度、きみに好きになってもらえるように努力する」

「そんな、申し訳ないよ」手を振る彼女。

「でも、それしか一緒にいる方法は残されていないんだろう。だったら、僕はまだあきらめたくない。好きなんだよ。このままじゃ、納得できない」

言いながら、泣けてきた。彼女は僕の背中に手を当て、みずからこの展開を招いたくせに、心底後ろめたそうな顔をしていた。

「でも……どうやって？」

「わかんないけど、優しくするとか、楽しませるとか」

「いまのままでもじゅうぶん優しいし、楽しいよ。たぶん、そういうことじゃないんだと思う。だからって、気持ちが戻るのを無期限に待ち続けるわけにもいかないけど……」

　じゃあ、どうすりゃいいんだよ——爆発しそうになった僕の頭に突如、あるひらめきが訪れた。それは、天啓というよりは苦しまぎれに近かった。

「催眠術だ」

「何？」彼女は耳を疑うように訊き返す。

　好きじゃなくなったことに理由がないのなら、どうせまともな方法では彼女の気持ちを取り戻せやしない。こうなりゃヤケだ。僕は彼女に向かって宣言した。

「催眠術で、きみの気持ちを甦らせてみせる——だから、できるようになるまでのあいだだけ、待っててくれないか」

「……僕がいまから三つ数えると、あなたの右手はかたあくなって、開くことができなくなります。いきますよ。1、2、3！」

僕は彼女の握りこぶしから手を放す。少しのあいだ、右手を細かく震わせたあとで、彼女は驚きに目をみはった。

「すごい！　本当に開かない！」

内心では興奮しているものの、僕は努めて鷹揚に笑う。催眠術なのだから当然だ、とでも言わんばかりに。

「僕が手を叩いたら、元どおり右手が開くようになります」

僕が両手を打ち合わせると催眠が解け、彼女は難なく右手を開く。自分の右手と僕の顔とを交互に見つめ、信じられないという表情を浮かべていた。

「では次に、あなたの苦手なものを催眠術で克服してもらいたいと思います」

僕はすぐそばのテーブルの上に、あらかじめ用意していた、ミニトマトを二つ盛った小皿を載せた。

「うわ、ミニトマトか……わたし、食べたらえずいちゃうくらい苦手なんだけど」

「もちろん知っています。でも、そんなミニトマトがおいしく食べられるようになったら、素晴らしいと思いませんか？」

「それは、思うけど……」

おびえるように、彼女は僕の両目を見返す。僕は彼女の着ているカーディガンの肩に手を置いた。

「そのまま僕の目をまーっすぐ見つめてください。いまから三つ数えると、あなたはこのミニトマトをとーってもおいしいと感じるようになります。はい、1、2、3！」

今回は、ただちには何の異変も感じ取れなかったようだ。当惑した様子の彼女に、僕は右手でミニトマトを指し示す。

「どうぞ、食べてみてください」

彼女はミニトマトのへたを指でつまむと、恐る恐るそれを口に運び、歯でへたから千切って果肉を嚙んだ。数秒後、彼女が甲高い声を発した。

「おいしい！　どうして？　あんなに嫌いだったのに！」

またうまくいった。驚きを通り越し、僕はひそかに感動すら覚える。練習の成果が、こうも鮮やかに発揮されるとは。

「お気に召したのなら、もうひとつどうぞ」

僕の勧めに応じて彼女は二個目のミニトマトを手に取ると、今度は先にへたを外して手のひらに載せ、口に向かって放り込むようにして食べた。咀嚼して、恍惚としている。

もはや、助走はじゅうぶんだろう。いよいよ僕は、本題に移ることにした。

「それでは次にまいります。いまから三つ数えると、あなたは目の前にいる男性のことが、好きで好きでたまらなくなります——」

「やめておけ、そんなの」

僕の相談を聞き終えるやいなや、友人はきっぱりと切り捨てた。

何の当てもなく、催眠術などと言い出したわけではなかった。友人に、趣味で催眠術をたしなむ男がいるのを思い出したのだ。以前、とある集まりで彼が催眠術を披露（ひろう）した際、僕はまったくかからなかったものの、同席した女性がかかるのを目の当（ま）たりにした。彼が「隣の男性の手が大好きになり、誰にも渡したくなくなります」と言うと、その女性は隣にいた僕の手を握りしめ、なかなか放そうとしなかった。官能的な動きで撫（な）でられ、恋人がいる僕はかなりどぎまぎしたことを憶（おぼ）えている。

僕は友人に、催眠術を教えてほしいと頼み込んだ。そのわけを訊（たず）ねる彼に、彼女とのやりとりを再現して聞かせたところ、返ってきたのが先の言葉だった。

「どうして。催眠術で人の好意を操れるのは、前回の一件で立証済みじゃないか」

「まあな。だが結論から言うと、おまえの目論見（もくろみ）はうまくいかない」

僕が呼び出した居酒屋のカウンターで、彼はジョッキに入ったビールを喉（のど）を鳴らして飲んだ。

「ずぶの素人が催眠術をマスターするには、時間がかかるってことか」

「そうとも限らない。センスがあれば、初日からできてしまうやつもいる」

「じゃあ、何がだめなんだ」

「催眠術は、魔法とは違う」

　僕の目を見つめて語る彼は、すでに催眠を始めているかのようだった。

「一時的に彼女の気持ちをおまえに向けさせるだけなら、さほど難しくはないだろう。もともと彼女はおまえのことが好きだったうえに、いまでも好きになりたがっている。催眠術の観点から言えば、これほどかけやすい相手はいない」

　催眠術は術師と被験者の信頼関係、そして催眠にかかりたいという被験者の気持ちが重要なのだそうだ。この二つの条件を、僕らはすでにクリアしていたと言える。

「なら、いったん催眠に成功したら、あとはそれを解かなければいいだけの話じゃないか」

「そこが甘いんだよ。いいか、催眠は、必ず解ける」

　たとえば両手を叩くといった、催眠を解くための動作をしなくても、時間が経てばおのずと催眠は解けるのだという。

「どんなに深い催眠でも、せいぜい寝れば解けてしまう。そうしたら、彼女の気持ちも元の木阿弥（もくあみ）だ」

「でも、でもさ」

　僕は食い下がった。

「彼女は僕のことが好きだったんだよ。いまはただ、その気持ちを忘れてしまっているだけなんだ。だとしたら、たとえ催眠の効果であろうと、いったん気持ちを思い出しさえすれば、元に戻ることだってありうるんじゃないか。ファンじゃなくなったアーティストの曲を久々に聴（き）いたら、やっぱりいいなと思ってまたファンになることってあるだろ。あんな感じでさ」

「さあ……俺はあくまでも催眠術師であって恋愛心理学者じゃないから、専門的なことはわからないけど」

　無理じゃないかな、という彼のつぶやきを無視して、僕は両手を合わせた。

「頼むよ。だめだったら、そのときはあきらめるさ。このまま何もしないで、彼女と別れるのだけは嫌なんだ」

　深々とため息をついて、彼は言った。

「まあ、催眠術を教えるだけでいいのなら、断る理由はない。うまくいかなくても、俺は一切責任持たないぞ」

「もちろんだ。ありがとう」

それから一ヶ月間、僕は彼に催眠術のイロハをみっちり教えてもらった。彼女のいない場所で自主練習を欠かさず、会社の同僚に実験台になってもらったりもしながら、少しずつ腕を上げ、そしてとうとう今日の本番を迎えたのだった。

彼女は初め、何の変化も示さなかった。

——失敗か？

不安になるが、それを相手に悟られてはいけない。黙ったままでいると、彼女がおもむろにうつむき、もじもじ始めた。

誰かを好きでたまらなくなるという催眠にも、さまざまな反応が見られることは知っていた。人によって、好きな相手に示す態度が異なるからだ。ある人は一目散（いちもくさん）に抱きつこうとするし、ある人は反対に相手の顔も見られないほどの恥じらいを示す。ほぼ無反応で傍目（はため）にはわかりづらくても、しっかり催眠にかかっている場合もある。

試しに僕は、彼女に向かって手を差し伸べてみた。すると彼女はこわごわその手を握り、しばらく大事そうに撫で回すと、僕の腕をぎゅっと抱きしめてきた。

空（あ）いた手で、彼女の髪に指を通す。彼女はあごを触（さわ）られた猫のようにうっとりしている。僕は彼女を立ち上がらせ、強く抱きしめながら耳元でささやいた。

「大好きだよ」

彼女が照れて笑い、僕の体に腕を回してくる。思わず涙が込み上げた。以前は当たり前のように交わしていた愛情表現が、どれほど幸せな行為だったかを痛感した。催眠術の効果だってかまわない。いまこの瞬間、確かに彼女は、僕のことを愛してくれている。

衝動に駆られ、僕は彼女を寝室へ連れていこうとした。泥酔した女性に手を出すような、卑劣な振る舞いだったことは否定できない。僕は彼女が催眠術にかかっているあいだに、彼女ともう一度、深く愛し合いたいと考えたのだ。

体を押すと、彼女は抵抗するようなそぶりを示した。だがそれも、一種の恥じらいと解釈した。ここまで来たらブレーキは利かず、僕はさらに彼女を強く押そうと、両手の位置を彼女の腰へと移動させた。

その感触に気づいたのは、彼女の着ていたカーディガンのポケットに、僕の右手が当たったときだった。

何か、固いものが入っている。姿勢を変えないままで、僕はそちらを盗み見た。

ポケットの口から、赤い色がのぞいていた。ポケットの外から触れてみると、突起などが一切ないきれいな球体だ。数瞬ののち、僕はそれが何であるかに思い当たった。

それは、へたの取れたミニトマトだった。

どういうことだ？　僕が用意したミニトマトは二つきりだ。その二つとも、彼女が食べるのをこの目で見た。なのに、どうしてこんなところにミニトマトがあるのか。いや――。

最初のミニトマトを、彼女は口でへたから千切った。あれを彼女が食べたことは疑う余地もない。

だが二つめ、彼女はへたを先に外して、手のひらから放るような形でミニトマトを食べた。その食べ方自体も変わっていると感じたが、それ以上にひとつめと違う食べ方をしたことが引っかかってはいた。

彼女は本当に、二つめのミニトマトを食べたのだろうか。あのやり方なら、口に入れたふりをして手の中にミニトマトを隠し持ち、僕の目を盗んでカーディガンのポケットに移すことは造作（ぞうさ）もない。そして、彼女がもし本当にそんなことをしたのだとしたら、理由はひとつしかない。

二つめのミニトマトを食べたくなかったからだ。なぜか。

言わずもがな、催眠術にかかっていなかったからである。

五円玉が揺れるのは催眠術にかかっていなくても起こることだし、自分の意思で何とでもできる。手が開かなくなったのはどうか。やはり、演技でそう見せかけることは簡単だ。

それでも彼女は、ひとつめのミニトマトを食べた。催眠術にかかっているのかどうかを確かめる目的もあったのかもしれないし、かかっていないとわかっていながら、無理して食べてみせたのかもしれない。けれども二つめを食べるのには耐えられないと感じ、食べたふりでその場をしのいだ。

どうして、そんなことをしたのだろう。

彼女はなぜ、僕の催眠術にかかったふりをしているのだろう。

真相を確かめたいという思いにとらわれ、しかし僕は、口を開くこともできずに呆然(ぼうぜん)と立ち尽くしていた。「大好きだよ」という僕の言葉に、何の返事もしなかったこと。寝室へ連れていこうとすると抵抗したこと。すべての状況が、彼女が催眠術にはかかっておらず、僕への気持ちも甦ってはいないことを指し示している。彼女をあきらめきれない僕に、同情でもしたのだろうか。そんな、優しいようでいて残酷な嘘(うそ)、僕は望んでなんかいなかったのに。

いつの間にか、僕の両腕は彼女の体を離れ、だらりと垂(た)れていた。彼女が不思議そうに、僕の顔をのぞき込む。その瞳(ひとみ)に正気の光を感じ取ったとき、僕は決意した。

彼女と別れよう——そして、この家を出ていこう。

新しい家は、前の家よりもずいぶん広々として見えた。

引っ越し荷物をあらかた片づけ、コーヒーでも淹れようかと思ったところで、転居前に豆を使い切っていたことに気がついた。調べると、すぐ近くに評判のいい自家焙煎(ばいせん)の店がある。歩いて豆を買いに行くことにした。

太陽がまぶしい春の日だった。路傍(みちばた)を見ると、アスファルトの割れ目にたんぽぽが咲いている。

僕はつぶやいた。

「あのとき、僕の催眠術は成功していたのかな。それとも、失敗していたのかな」

少しの間をおいて、隣から返事が聞こえる。

「さあね。教えない」

前を向いたまま、彼女はつんと澄ましている。

結局のところ、彼女とは別れないで済んだ。理由はよくわからないが、彼女は僕への気持ちを取り戻したんだそうだ。そのまま結婚を決めたのを機に、いずれ子供が生まれた場合を想定し、より広い家に移り住んだ。転居にともない、もろもろの届け出をしなければならないこのタイミングで、併せて入籍もする予定になっている。

あの日以来、催眠術をすることはない。彼女が本当に催眠術にかかっていたのか、それともすべて演技だったのか、いまでも僕は真相を知らない。

いまとなっては、どうでもいいことだ。隣を歩く彼女の手をそっと握りながら、僕は思う。

いつまでも、この手を放したくない――催眠術になんてかかってなくたって、そう思うんだ。


結局のところ、真相はどっちなんだろう。恋人たちの問題は、往々にしてはたから見ると滑稽なものなのかもしれない。

6 / 1st week

縁

「おーい、もっとゆっくり行こうぜ……」

弱音（よわね）を吐きながら、いかにも重そうに片足を持ち上げるユウジの背中を、アサカが叩（たた）いた。

「もう、あんた男でしょ。だらしない」

一方で、ミユキはそんなユウジの腕を横から支え、ペットボトルを差し出す。

「ユウジくん、大丈夫？　お水、飲む？」

「サンキュ。助かるよ」

「ミユキ、そんなやつに優しくする必要ないって。ただの二日酔いなんだから」

呆（あき）れながら言うアサカの横で、スズコが彫刻のような笑みを浮かべてつぶやいた。

「ユウジくん……かわいい」

石段の両脇の斜面にはご神木とでも言うべき巨木が並び立ち、生い茂った葉の隙間から は夏の陽射しが降り注いでいた。

とある神社の鳥居をくぐり、ユウジたちは拝殿を目指して長い石段を上っている最中で ある。

彼らの出会いは一ヶ月前の梅雨の時期、元々付き合いのあったユウジとアサカが、それ ぞれの友人に頼まれる形で催した合コンの席だった。男女三人ずつ計六人で開かれたその 会は、メンバーの波長が合ったのか異様な盛り上がりを見せ、またみんなで集まりたい、 せっかくなら一泊で温泉旅行にでも行きたい、とトントン拍子に話が膨らんだ。その結 果、温泉に入るのにはさほど適しているわけでもない真夏に、こうして旅行が実現したの である。

その道中、この神社に行こうと提案したのは女性陣だった。恋愛成就のパワースポッ トがある、せっかくなら立ち寄りたい、と主張したのだ。合コンに参加していたことから もわかるように、旅行の計画が持ち上がった段階で、六名の参加者全員に正式な恋人はい なかった。

ユウジ以外の二人の男、マサキとサトシは、軽やかな足取りでさっさと石段を上ってしまった。ユウジはアサカからも指摘されたように、旅行が早朝出発であることをわかっていながら、前夜に深酒してしまったため、睡眠不足と二日酔いを引きずっていた。時刻は午前十一時、日がかなり高くなってきた時間帯のことである。

「それにしても、何で縁切り神社なんかに行くんだ？　恋愛成就のパワースポットって聞いてたのに、正反対じゃないのか」

ミユキがくれた水を一口飲んだあとで、ユウジは疑問を呈する。マサキが運転する行きの車中で、女性陣が神社の基本情報について話すのを、ユウジは助手席で聞いていた。

「あんた、何も知らないのね。縁切りっていうのは、縁結びとセットなのよ」

アサカが解説する。

「悪縁を断ち切り、良縁を結ぶ。ここの神社は、そのどちらにも絶大なご利益(りやく)があるということで、恋愛成就のパワースポットとして有名なの」

「あたしたち、前から行ってみたいって話してたんだよね。念願叶(かな)ってうれしいよ。これも、あの合コンのおかげだね」

ミユキに感謝され、ユウジは苦笑した。

「別に、女の子だけで来たってよかったじゃないか。三人は前から仲よかったんだろ？」

アサカとミユキとスズコは、同業種の会社が複数集まって開催された交流会の場で意気投合した三人だった。付き合いは一年ほどになるし、三人で食事をすることもしばしばだったが、別々の会社に勤務していたせいもあり、これまで一緒に旅行したことはなかった。一方の男性陣は、全員が同じ大学の同期だ。

「こういうことは、きっかけが大事でしょう。わたしたち、車の運転には慣れてないし」

スズコの声は真夏の炎天下でも涼しげだ。ユウジは額の汗を拭って言う。

「そういうもんかねえ。ま、野郎だけで温泉に行こうなんて話にはならないから、こっちこそ女子のおかげって感じだけどさ」

「あんた、本気でそう思ってるなら、旅行の前日くらい酒の量を抑えられないわけ？」

「いやあ、ゆうべは思いがけず盛り上がっちまって……」

「拝殿が見えてきたよ。ユウジくん、あと一息がんばって」

ミユキに肩を支えられ、ユウジは長い石段の最後の一段に足をかけた。

すぐ正面に、立派な拝殿が鎮座していた。左手には社務所が、右手には手水舎が見える。拝殿の手前に、サトシが腰に手を当てて立っていた。隣にはマサキの姿もある。

「遅いよ、おまえら。おれたち、もうとっくにお参り済ませたぞ」

「そんなに急かすなよ。せっかくの旅行なんだし、のんびり行こうじゃないか」

ユウジはサトシの非難をあしらい、手水舎に向かった。女性陣もついてくる。左手を洗い、右手を洗い、水を口に含む勇気はなかったので、柄杓（ひしゃく）の柄（え）を洗って戻した。

拝殿の参拝スペースは横に広く、四人が並ぶ余裕があった。ユウジが中央の鈴緒（すずお）の前に立ち、右側にミユキが、左側にスズコとアサカが立つ。めいめいお賽銭（さいせん）を投げたあとでユウジが代表して鈴を鳴らし、二礼二拍手をおこなった。

四人がいっせいに拝む。口には出さないが、それぞれが頭の中で願いごとを思い浮かべ始めた――。


ミユキのスマートフォンにユウジからのメッセージが届いたのは、合コンの翌日のことだった。

〈次は二人で飲みにいかない？〉

合コンの席で三人の男性を目にした瞬間から、ミユキはユウジに好感を抱（いだ）いていた。ユウジしか眼中になかったと言っていい。だから、彼からの連絡は願ったり叶ったりだった。

自信はあった。女性陣の中ではもっとも見た目に気を遣（つか）い、男性好みに振る舞えているのは間違いなかったからだ。実際、男性陣からは自分にばかり本気の質問が来るのを感じていたが、ミユキはユウジに返事をするときだけ声のトーンを少し上げた。

ユウジからの誘いのメッセージに、ミユキはただちに了承の返信をした。だが、日程を摺り合わせる段階でつまずいた。恋人が欲しくてさまざまな予定を入れていたことがあだとなって、近々だとユウジと会えそうな日がなかったのだ。残念だったが、すぐに温泉旅行の件が持ち上がり、その日程が決まったので、慌てる必要はないかと思い直した。旅行のあいだにユウジとの距離をしっかり詰め、後日あらためて二人で会った際に交際まで持ち込めばいい。二人きりで会いさえすれば、ユウジを意のままに動かすことなど造作もないだろう、とミユキは考えていた。

旅行までの期間、ミユキは毎日ユウジとメッセージのやりとりを続けた。彼からの返信がなくても、翌朝には必ずこちらから〈おはよう〉と送った。ユウジの話には何でも興味があるかのように反応し、彼の冗談にはちゃんと笑ってあげて、何かにつけて彼のセンスに賛辞を贈った。男性が基本的に女性に話を聞いてほしがっていることも、女性から褒められたときに自分に対してだけはお世辞ではなく本心だと感じるらしいことも、ミユキは過去の経験から知っていた。彼女にはこれといって趣味や詳しい分野がなく、提供できる話題は少なかったが、だからこそ聞き手に回ることには抵抗がなく、自分とのやりとりをユウジは楽しんでくれているはずだ、と確信できた。

そうして今日の旅行においても、ミユキは絶えずユウジに愛嬌を振りまき、ますます気に入ってもらえるように全力を尽くしている。彼が二日酔いでやってきたのは誤算だったが、気遣うことでポイントを稼げるのでむしろ好都合ととらえた。これからもタイミングを見計らって栄養ドリンクなどを差し出し、彼に気に入られたいと思っている。

神社の拝殿で合掌して目を閉じる直前、ユウジが何を願うのか気になり、ミユキは左にいる彼のほうをちらと見た。すると、その奥で先に拝み始めたスズコとアサカの姿が視界に入った。

彼女たちは、ユウジのことをどう思っているのだろう。

合コンのあとで一度、女三人だけで集まったのだが、アサカが開口一番「せっかく来てくれたのにいいメンバーを集められなくてごめん」と謝ったので、何となく特定の男性を持ち上げることがはばかられ、ほかの二人の本心については確かめられずじまいになっていた。その点において腹を割って話せるほどには、三人の仲は深まっていなかった。

アサカは以前からユウジと知り合いで、何かの飲み会で一緒になり打ち解けたと話していた。二人の関係性を見る限り、お互いを異性として意識している様子はない。もし自分が男だったら、男勝りなところのあるアサカは友達としては愉快でも、異性としては魅力を感じないだろう。万が一ユウジを奪い合うライバルになったとしても、負ける気はしなかった。というか、ユウジをほかの女性に渡したくないのであれば、そもそも合コンなどセッティングしないはずだ。

　スズコはどうか。出会ったころから、彼女は考えの読めない女性だった。もしかすると、ユウジのことを憎からず思っているかもしれない。先ほども二日酔いで弱ったユウジを見て、かわいいなどとつぶやいていた。だが、考えが読めないというのは感情表現が不得手ということでもある。ミユキのように打算的に動いてユウジに好かれようとすることは、スズコにはできないであろう。そのミステリアスな雰囲気に惹かれる男性もいるとは思うが、よーいドンで競った場合に、自分のほうが優位に立つのは難しくなさそうだ。

　何よりも、自分にはユウジから誘いのメッセージが来たという強力なアドバンテージがある。少なくとも合コンの時点では、彼は確実に自分を気に入ってくれていたのだ。

　大丈夫だ。四月に前の彼氏と別れて以来、ろくな男と出会わなかったが、この恋はきっとうまくいくはず。そのために、この神社までやってきた。

　ミユキは閉じたまぶたに力を込め、祈る。

　――お願いします、縁結びの神様。どうか、ユウジと付き合えますように……。

　いまさら縁結びの神様にお願いすることなんて何もない。そう、スズコは思っていた。

　合コンの席で、彼女はユウジに惹かれた。整った見た目と洗練されたコミュニケーションに加え、ときおりのぞく彼の稚気が心をくすぐった。ほかの男性は一切顧みず、スズコはユウジだけに熱い視線を送り続けた。

合コンが終わって解散した直後に、二人で会いたいとユウジにメッセージを送った。出会いの場では目立つ行動を避けながら、事後に情熱的な一面を見せるこのやり方は、往々にしてうまくいった。どうも男性は女性のギャップに弱いらしい。自分だけに本性を見せてくれる、と思い込むらしいのだ。

案の定、ユウジからは〈いいよ。いつにする？〉と返信が来た。スズコはユウジに合わせると伝え、彼が日程を提示してくると、すでに決まっていた予定をキャンセルして会いに行った。むろん、その事実も彼に話した。ほかの誰よりもユウジと会うことのほうが重要なのだ、とアピールするために。

二人での食事は楽しかった。スズコは口数が少ないながらも、占いが趣味であることやよくマイナーな美術館に出かけること、フェレットを飼っていることなど、自分に関する情報をさりげなく会話の中に盛り込んだ。男性はミステリアスな女性に弱いから、彼の好奇心を刺激することができれば、それがいずれ好意に変わるだろうと踏んだ。ユウジはスズコの話をおもしろがったあとで、「オレ、自分ってものがない女の子には魅力を感じないんだよね。無趣味だったり、自分の話を全然しなかったり、そういう子と一緒にいてもつまんないじゃん」と言った。スズコが「それ、誰のこと？」と訊くとユウジは笑ってごまかしたが、彼がミユキを思い浮かべているのは容易に察せられた。

二人きりでの初めての食事では何も起きなかったが、帰り際に二度めの約束を取りつけた。二度めの夜、キスをしたがったユウジに、スズコは「付き合ってくれるならいいよ」と言った。重い女と思われる危険もあったが、身持ちがいいと信じさせることを優先した。

ユウジは一瞬面食らったようになりながらも、「オーケー。付き合おう」と返してくれた。都会の高層ビルにはさまれた薄暗い路地で、二人は初めてのキスをした。ユウジは体の関係を求めていることを隠さず、その純粋さすらもスズコは微笑ましく感じつつ、「次のデートまで待って」とじらした。これでまた、彼の頭の中は自分でいっぱいになるはずだ。

スズコは幸せだった。ユウジのような素敵な男性が、自分の彼氏になってくれた。このまま彼と結婚し、彼の子供を産み、死ぬまで彼と一緒に過ごす。出会ったばかりなのに、不思議とそれが当たり前に現実になるような気がしていた。運命の相手とは、わたしたち二人のような関係を指すのだろう。

アサカとミユキには、ユウジと付き合っていることをまだ打ち明けていない。先に公表するとまわりに気を遣わせてしまって旅行を楽しめなくなりそう、とユウジが主張したからだ。じれったい気持ちもあったが、スズコは彼の意見を受け入れた。何しろ自分たちは付き合っているのだ。焦ることはない。

今日も自分たちの交際を知らないミユキがユウジの気を引こうと苦心しているのを、スズコは余裕の笑みでながめることができた。気の毒だけど、いくらミユキががんばったところで、ユウジはもうわたしのもの。彼はわたしにすっかり夢中で、ほかの女になんて見向きもしない。

だから、いまさら縁結びの神様にお願いすることなんてないのだけれど。それでもあえて、願うなら。

スズコは手を合わせ、弾む心で唱える。

――お願いします、縁結びの神様。どうかこの先もずっと、ユウジと一緒にいられますように……。

合コンから一週間後、アサカはセミダブルのベッドの上で、一糸まとわぬ姿でユウジに腕枕をされていた。

アサカがユウジと出会ったのはおよそ三ヶ月前、高校の同級生に誘われて行った飲み会の場でのことだった。各自が好きに友達を誘って集まる、取り立てて目的のない会で、アサカも同級生への義理立てが半分で参加したに過ぎなかったから、まさかそこで自分の日常を一変させる相手に出会うとは予想だにしなかった。

席が隣になったユウジのことを、アサカは初め、外見はいいがチャラそうな男だ、くらいにしか思わなかった。これまでの人生において、ほとんど関わったことのない人種だった。彼女は生来気が強く、男性に媚びることは決してなかったので、たまに男性に言い寄られる機会があっても、えてして相手は女性をリードしようなんて考えも及ばないといった不器用そうな男性ばかりで、ユウジのような女性慣れしたタイプが近づいてくることはなかった。

なのにどういうわけかこの晩、ユウジはアサカに何度もちょっかいをかけてきた。ニヤニヤしながらからかってきたり、しつこく恋愛の話を振ってきたりするのだ。最初のうちは冷淡にあしらうだけだったアサカも、二人の掛け合いが徐々に周囲に笑いを巻き起こすようになると、きわめて意外だがもしかすると自分はこの男性と相性がいいんじゃないか、と思い始めた。

その日の飲み会終わり、ユウジから「二人だけで飲み直そう」と耳元でささやかれた。めったにないことで、一も二もなく承諾した自分が信じがたかった。ユウジがタクシーで連れていってくれたバーは瀟洒で、カウンター席で先ほどまでとはまったく違う大人びた横顔を見せるユウジに、アサカはますます心をつかまれた。一時間ほどで店を出ると、ユウジが近くのホテルの部屋を取ってある、と言った。アサカはユウジに手を引かれ、生まれて初めて、出会ったばかりの男性とその日のうちに関係を持った。

以来、ユウジとは二週間に一回の頻度で会い、そのたびに寝た。正式に付き合うという話はどちらからも出なかった。アサカは、本音を言えばユウジと恋人になりたかったが、彼の本心を確かめるのが怖かった。面倒くさい女だと思われて捨てられるくらいなら、いまの曖昧な関係を続けたほうがマシだった。

ぴたりとくっついたユウジの体から心地よい体温が伝わるのを感じながら、アサカはふと疑問に思ったことを口にする。

「ねえ、どうしてあの晩、私を口説いたの?」

ユウジは笑い混じりに答える。

「どうしてって? アサカのこと、かわいいと思ったからだよ」

「嘘。私よりかわいい子なんていくらでもいるもん。私、ユウジに色目使ったりしなかったし」

「そうだなあ……」

ユウジは腕枕を解き、両手を自分の頭の下に置いた。

「オレ、アサカみたいにさっぱりした女の子が好きなんだよね。いかにも《女子力高いでーす》みたいな、変に気を遣ってくる女は苦手。そういうのってたいてい頭空っぽで、会話しててちっとも楽しくないし」

「もしかしてそれ、ミユキのこと言ってる?」

「さあ、どうかな」

二人で笑い合う。

「あと、陰気で重いオタク女もだめだな。ちょっと優しくしただけですぐ付き合ってほしいとか、勘弁してくれよって思っちゃう。こっちは全然興味ないのに、自分の話ばかりしてきたりさ」

「あー。スズコがまさしくそういうタイプだね」

「オレはさ、何よりも会話の波長が合う相手が好きなの。アサカはその点、男にも遠慮がなくて楽しいなって感じたんだよ。それに」

「それに?」

「会話の相性がいい相手とは、体の相性だっていいに決まってる」

もう、と言ってアサカはユウジの腕をはたく。その腕に、すぐさましがみついた。

「安心した」

「何が？」

「合コンでほかの子に目移りしてたらどうしようかと不安だった」

「バカだなあ。言ったろ、あの合コンはあくまでもマサキとサトシに頼まれたから仕方なくセッティングしてやっただけで、オレが好きなのはアサカただひとりだって」

「そうだよね。うれしい。私もユウジ一筋だよ」

そして二人はキスをする。人前では照れくさくて、ついユウジにも乱暴に当たってしまうけれど、二人きりだと素直でいられる。そんなときの自分が、アサカは好きだった。

この温泉旅行にも、本当は二人で行けたらよかったのだが、ほかのメンバーがいたからこそ実現したことでもあるので、贅沢は言わないと決めていた。二日間、ユウジと一緒にいられる。それだけでじゅうぶん幸せだ。

だけど、もしも旅行中、二人きりになれるシチュエーションがあったら……。

そのときはきっと、今度こそユウジのほうから、交際を申し込んでくれるんじゃないか。

そんな予感を胸に秘め、アサカは懇願する。

――お願いします、縁結びの神様。ユウジがいつまでも、私のものでいてくれますように……。

一方そのころ、ユウジもまた、神社の拝殿で女性たちと並んで手を合わせ、願いごとを強く念じていた。

——お願いします、縁切りの神様。ゆうべの飲み会でやっと本命にしたい女性と出会えたので、ここにいる三人全員と速やかに縁が切れますように……。

最低！　どうかこの男にバチが当たりますように。

Sunday

次の日曜日、わたしは約束どおり『南風』にいた。

あれから五日間、確かにわたしの自宅には、一日一通ずつ封筒が届いた。差出人の名前や住所はなく、開けてみると物語が印刷された紙が入っていた。物語はどれも、おもしろいと言えばおもしろいし、たわいもないと言えばたわいもないものだった。全体の三分の一にあたる六話を読み終えても、わたしにはこの仕事の目的が、すなわちミスター・コントなる人物の意図がさっぱりつかめなかった。

十五時きっかりに『南風』に到着してみると、老紳士はすでに前と同じ席に着いてコーヒーを飲んでいた。わたしは向かいの椅子(いす)に座り、感想をメモした手帳を差し出した。あまりにも簡素な感想だったので、これではだめだと言われるかと心配したが、老紳士はざっと目を通しただけで手帳を返して言った。

「結構です。ありがとうございます」

わたしの注文したコーヒーが届く。口をつけてから、わたしは訊いた。

「本当に、こんなことでお金がもらえるんでしょうか」

「あなたがちゃんと読んでくださっていることは、感想からじゅうぶん伝わりました。こんなこととおっしゃいますが、とても大事なことなのです。どうしても不安でしたら、契約書を作成いたしましょうか」

「いえ、そこまでは……」

まっすぐに見つめられ、思わずコーヒーカップに逃げる。

わたしはすでに、着手金として受け取った四十七万円分の仕事を果たしたことになる。事前の予測では三十分もあればと見ていたが、実際には一話あたり十五分もかかっていない。向こうから提案してきたこととはいえ、一日につき八万円もの金額を受け取るのはどうにも後ろめたかった。

「では、引き続きよろしくお願いしますよ。ところでどうですか、最近は」

唐突に世間話を振られ、わたしは困惑した。

「どうと言われても……別に、変わりないです」

「いい意味で、それとも悪い意味で？」

「後者です。わたしの人生、いいことなんか何もない」

言ってしまってから、正体不明の老紳士に話すことではないと気づいた。わたしは苦笑して、

「あるとしたら、このあまりに割のいい仕事をもらえたことくらいでしょうか」

「そんな風に思っていただけると、こちらとしては助かります」

老紳士はにこりともせずに返した。

喫茶店を出る。一週間後の同じ時間に、と言い残して老紳士は消えた。

帰宅して、椅子に座る。ふう、と息を吐き出すと、ふいにみずから放った言葉がよみがえった。

――わたしの人生、いいことなんか何もない。

写真立てを見る。並んで立つわたしと颯太の左手の薬指には、おそろいの指輪がはめられている。

あのころのわたしは、間違いなく幸せだった。けれど、間もなく颯太はわたしのもとを去ってしまった。

あんなに大好きだったのに。あんなに深く愛し合っていたのに。

どうしていつも、いなくなってしまうのだろう。

思い出したらまた苦しくなり、わたしは頭を抱(かか)えて嗚咽(おえつ)した。割のいい仕事をもらえ

た？　そんなこと、どうだっていい。お金なんてちっとも欲しくない。
わたしはただ、颯太に会いたいだけなのに。
そのために、電車を待っていただけなのに。

7 / 2nd week
十二月の出来事

あのとき彼女の手を握らなかったことを、僕は後悔している。

大学二年生の、十二月の出来事だった。

所属しているテニスサークルの、週に一度の公式練習を終え、安居酒屋で催(もよお)された打ち上げの席でその話は浮上した。

「冬になったし、鍋のシーズンじゃない？　今週の金曜日、うちで鍋パやろうよ。あたし、ガスコンロと土鍋、持ってるから」

言い出したのは、佐藤里菜(さとうりな)だ。僕と同じ二年生で、サークルの中ではよく話す間柄だった。

「いいね。何鍋にする？」別の男子が反応する。

「やっぱ、もつ鍋かな。ヘルシーだし、美肌にもいいって」

里菜は打てば響くように答える。土鍋やコンロを所有しているくらいだから、鍋料理には慣れているのかもしれない。

鍋パはむろん、鍋パーティーの略だ。はたちを迎え、ようやく大手を振って酒を飲めるようになったとあって、そのころの僕らサークル仲間は、何かと言えば集まって酒を飲みたがった。

同じ席にいた四、五人が、鍋パの作戦会議を始める。誰が買い出しに行き、誰が里菜の家で準備を手伝うかといった役割分担を決めるのだ。会議がひとしきりまとまりかけたところで、里菜がこちらに顔を向けて言った。

「木村（きむら）くんも来るよね？」

やたら調子のいい――俗っぽい言い方をすれば、テンションの高い連中が集（つど）ったそのサークルにあって、僕は口数が少ないほうだった。その、はたからは落ち着いて見える反面、とっつきづらいキャラクターに対する揶揄（やゆ）も込められていたのだろう、僕は有名なお笑い芸人のニックネームになぞらえて《キム兄（にい）》と呼ばれることが多かった。同級生からも、兄貴扱いをされるのだ。

ところが里菜だけは、僕のことを《木村くん》と苗字で呼び続けた。僕はそれが何だかうれしかった。よそよそしいようでいて、聞くとかえって親しみが込められていると感じた。彼女だけが違う呼び方をすることに、特別さを見出していたのだ。

小さいグラスに入ったビールを飲み干してから、僕は返事をした。

「行くよ」

里菜がほっとした表情を浮かべる。「よかった」

控えめな人と認識されていたから、いわゆる宅飲みなど少人数で集まる機会に、自分から参加させてくれとはなかなか言い出しづらかった。だから、里菜のほうから声をかけてくれて助かった。本当は、彼女の家に行きたかったたし、彼女と鍋を囲みたかったたし、彼女と酒に酔いながらいろんな話をしたかった。

当日は大学の講義が終わる十八時ごろに集合し、男性陣は酒屋で酒を、女性陣はスーパーマーケットで食材を調達する運びになった。僕はスマートフォンのスケジュール管理アプリを開き、金曜日の欄に〈鍋パ〉と書き込んだあとで、それを消して〈里菜〉と打ち直した。

金曜日はすぐにやってきた。

里菜の家までは私鉄の電車で向かう。最寄り駅で降りた瞬間から、僕は鍋パのことで頭がいっぱいで、改札で待ち合わせるあいだに目を通した貼り紙の文面もほとんど頭に入ってこなかった。

近くの酒屋でビールや缶チューハイ、焼酎などの酒を見つくろっていると、隣でカートを押していた葉山が突然、声を潜めて訊いてきた。

「キム兄、里菜のこと好きなの？」

動揺したけれど、それを悟られはしなかったと思う。僕は感情が表に出にくいたちだった。

「別に。何で？」

「何となく、そんな気がしたから」

葉山は人と群れると典型的なお調子者になるが、実は他者をよく見て、場の空気を敏感に察する男であることを、僕は二年足らずの付き合いの中で知っていた。このときも、何ひとつ態度に出さず秘めていたはずの思いを見抜かれ、僕は内心、舌を巻いていた。

「もう、同じサークルに入ってずいぶん経ったぜ。いまさら好きになるとかあるか？」

「でも里菜のやつ、最近まで彼氏がいたからなあ」

里菜には高校生のころから付き合っている彼氏がいて、大学に入ってからは遠距離恋愛をしていた。けれどもさまざまな出会いや環境の変化がある中で、しだいに関係がぎくしゃくしていったようで、先々月になってとうとう別れたことを、僕は里菜自身の口から聞いていた。

「仮に僕が里菜のことを憎からず思っていたとして、それ聞いて葉山はどうするんだよ」

僕は慎重に葉山の真意を確かめようとした。葉山も里菜を狙っているとしたら、この密談はどう転んでも穏当には終わらない。もっとも、葉山には付き合っている恋人がいたから、そうではないだろうという見当はついた。

果たして葉山は、棚に並んだ梅酒の瓶を手に取りながら答えた。

「キム兄、大学入ってまだ一度も彼女できたことないだろ。里菜と付き合いたいんなら、お膳立てしてやろうと思って」

「そりゃあ、里菜みたいな子が彼女になってくれたらうれしいけどさ」

「里菜、明るいし、かわいいしな。ほかにも狙ってるやついると思うぜ。ぼやぼやしてたら先越されちまうぞ」

「だからって、何で葉山が僕の肩を持つんだ」

「キム兄になら、安心して里菜のこと任せられるからだよ。おれにとっては、二人とも大切な友達だからな」

葉山がこちらを見つめてそう言ったので、僕は言葉に詰まった。彼が僕のことを、そこまで高く買ってくれているとは知らなかった。

「で、どうなの。里菜のこと好きなの、そうでもないの」

もはやごまかすべきではないように思えた。恥ずかしげもなく《大切な友達》と語ってくれた葉山の誠意に、僕も正面から応えたかった。それに、葉山はサークル内でも人望があるから、味方になってくれるのなら心強いことこのうえない。

「……正直、いいなと思ってる。本当は、ずっと前からそんな風に思ってた」

僕は初めて自分の気持ちを人に打ち明けた。葉山はにっと笑って、胸を叩いた。

「なら、まかせとけ。今夜、必ず二人をいい感じにしてやるから」

「いいのか。それは、ありがたいけど」

「大船に乗ったつもりでいろって。その代わり、キム兄もがんばるんだぞ」

「わかった。腹くくっとくよ」


宴会は十九時半ごろから始まった。

参加者は、男子が僕と葉山、それに遅れてきたので買い出しには参加しなかったもうひとりの三人。女子も三人で、いずれも里菜と仲のいいメンバーがそろっていた。

男子は全員が缶ビール、女子は里菜だけがビールであとは缶チューハイを持ち、乾杯をする。味噌ベースのもつ鍋は、想像していたよりも本格的だった。その味を褒めると里菜は、市販のスープを使えば誰にでも作れる、と謙遜した。

僕らはたくさん話をした。サークルで出場するテニスの大会の話。流行のバラエティ番組の話。恋愛の話も出たが、葉山はさすがに僕に水を向けるような真似はしなかった。里菜は別れた恋人についてはすでに吹っ切れているとのことで、早く新しい彼氏が欲しい、と取り立てて当てがあるわけでもない様子で口にしていた。

鍋を食べ終えたところでいったん片づけ、乾きものやスナック菓子などの軽めのつまみに移行する。手にする酒も缶から、梅酒のソーダ割りや焼酎のロックに替わっていた。そのほうが、安く飲めるのだ。

初めて訪れる里菜の部屋は、１ＬＤＫの間取りで大学生の独り暮らしにしてはゆとりがあった。ベッドのシーツやカーテンが暖色でまとめられており、もつ鍋のにおいにも負けないいい香りがほのかに漂っているのが女性らしいと感じた。

そのうちに酔いが回ってきて、遅れてきた男子が壁にもたれかかって居眠りを始めた。飲んでいる最中、朝が早かったとしきりに言っていた。僕がスマートフォンで時刻を確かめると、すでに零時を回っていた。

眠ってしまった男の写真をにやにやしながら撮ったのち、葉山がいかにもたったいま思いついた、といった感じで提案した。

「ちょっと、酔い覚ましに外を歩かないか」

まかせとけと言ったのはこれか、と直感した。実を言うと、何時間が過ぎても里菜とのあいだに何も起きなかったので、葉山への信用が揺らぎかけていた。

「いいね。あたしも行く」

すぐに乗ってきたのは里菜だ。一方、別の女子は難色を示した。

「外、超寒いと思うよ。出たくないなあ」

「なら、おまえは寝ちまったこいつの面倒見ててくれよ。里菜は一緒に行こう。キム兄も来るよな」

僕は迷わずうなずいた。

「行く。僕も、夜風に当たりたい」

結局、寒いからと嫌がった女子を残し、男女二人ずつで出かけることになった。コートを着込み、マフラーを巻いて玄関を出ると、冷たい夜気が肌着の内側にまで侵入し、本当に酔いが一気に覚めるような気がした。

里菜の住むアパートはこの町と繁華街を結ぶ私鉄の線路沿いの住宅街にあり、深夜になればあたりはひどく静かだった。電柱に備えつけられた街路灯が照らす路地を、しばらくは四人で固まって歩いた。しかしほどなく、絡んでいたコードがほどけるように、葉山がひとりの女子を引き連れて数歩先を歩み始め、僕は里菜と二人で並んで歩く恰好となった。葉山たちが曲がった角を、あえて曲がらず素通りした僕に、里菜は逆らうこともなくついてきた。

「ふんふん、ふんふん」

鼻歌を歌いながら、弾むように歩く里菜を見ていると、つい笑みがこぼれる。

「ご機嫌だな、里菜」

「えへへ。飲みすぎちゃったかも。でも、楽しいね」

彼女がこちらに向けた笑顔が夜の闇の中でもまぶしくて、僕はつい目を逸らしてしまった。

「そうだな。もつ鍋もうまかった」

「みんなにわざわざ来てもらったからには、満喫してもらわないと困るからなー」

里菜はふらふらと踏切のほうに近寄る。そして、言った。

「ねえ、『スタンド・バイ・ミー』ごっこしない？」

「『スタンド・バイ・ミー』って、映画の？」

「そう。少年たちが線路を歩いて、死体を探しにいくの」

　里菜は踏切に立ち入って、線路へと足を踏み出した。

「おい、危ないぞ」

「平気だよ。この時間、終電はとっくに過ぎてるから」

　僕も今日を含めてしばしばこの私鉄を利用しているが、確かに零時過ぎには終電がこのあたりを通過するはずだった。現在、時刻は零時三十分。なるほどこの時間なら、電車が通る心配はない。

　とはいえ線路に立ち入るのは違法だ。でも、楽しそうにしている里菜を見ていると、まあいいかという気持ちになった。酔って気が大きくなっていたせいもあるのだろう、子供のようにはしゃぐ彼女を自由にさせてやりたかった。

　僕らは線路を歩いた。里菜は細いレールの上で、両手を伸ばしてバランスを取っていた。彼女がよろけるたびに、僕は支えようと手を伸ばしたけれど、その手が里菜に取られることはなかった。彼女の手を握っていいものか、しかし僕は勇気が出なかった。

「おっとっと……うわあ！」

　先の見えないカーブに間もなく差し掛かるというとき、ついに里菜がバランスを崩して派手に転んだ。仰向(あおむ)けになり、けたけた笑っている。

「大丈夫かよ」

　僕が顔をのぞき込むと、里菜は上空を指差した。

「少し痛かったけど平気。それよりさ、空、見てみなよ。星がきれい」

　僕は里菜の隣に並んで寝そべった。彼女の言うとおり、夜空を星が埋め尽くしていた。いや、住宅街で見る星は、大してきれいではなかったかもしれない。けれどそのときの僕は、町中にいてもこんなに星が見えるのかという、新鮮な驚きを覚えていた。

　里菜がもぞもぞしている。ちょうど首に当たるレールが固いので、しっくりくる姿勢を探しているようだ。僕は巻いていたマフラーを外して里菜の体の上に置いた。

「これ、使えよ」

「わあ、ありがとう」

　さっそく里菜が首の下にマフラーを敷く。その声は満足げだった。

「いい感じ。木村くん、優しいね」

「そんな、大したことじゃないよ」

「木村くんみたいな人と付き合える女の子は幸せ者だな」

　深い意味があるのかそうでないのか、即座には判断がつきかねた。なら付き合ってみるか、と言えるより先に、里菜が再び口を開いてしまった。

「あたしね、彼氏と別れたこと、何でもなさそうにしてたでしょう。でも本当は、すごく落ち込んでたの」

それは、突然の告白だった。

「悲しくて、寂しくて、毎日泣いてた。さすがにもう二ヶ月も経つから、涙も涸れちゃったけどね」

その間もサークルで顔を合わせていたのに、全然気づかなかった。里菜が、そんな弱さを見せなかったのだ。

「今日、みんなをうちに呼んだのは、そのせいもあって。家にいると、彼氏が泊まりに来たときのこととか、思い出しちゃうんだ。だから、楽しい思い出で上書きしてしまいたくて。新しい彼氏ができて、うちに遊びに来るようになったりでもしたら、前の彼氏のことなんかすぐに忘れられるんだろうけどね」

里菜はなぜ、こんな話を僕にしているのだろう。疑問に思いながらも、僕は口をはさむことなく聞き入っていた。

「ねえ、木村くんはいま、好きな人いるの？」

急な質問に面食らう。心臓の鼓動が速まった。

少しためらって、僕は答えた。

「いるよ」

「……そうなんだ」

それが誰なのかを訊こうとしない、彼女の真意が読めなかった。お互い仰向けになっているせいで、表情が確かめられないのがもどかしい。

横たわった地面はひんやりとしていて、レールも枕木も冷たく、夜風は凍てつくようだった。それでも僕はじっとしていた。里菜と一緒なら、いつまでもここにこうしていたいような気さえしていた。

何の声も聞かれなくなったので、僕は初め、里菜が僕の言葉を待っているのかと思った。誰のことが好きなのか、自分から語り出すのを——彼女は僕の気持ちに気づいていて、告白されるのを待っているのではないか、と。

ところが首を回して里菜のほうを向くと、彼女は両目をつぶっていた。耳を澄ませば、寝息が聞こえる。この寒いのに、彼女は寝入ってしまったらしい。

こんなところで寝たら風邪を引きかねないし、長時間に及べば生命の危険すらあるかもしれない。わかってはいたけれど、僕はもう少しだけ、彼女をそのまま寝かせておくことにした。横から見る寝顔は鼻がつんと上を向いて、頰がほのかに上気し、長いまつげは美しいカーブを描いている。かわいかった。彼女を自分のものにしたい、本気でそう思った。

　手を伸ばせばすぐ触れる位置に、彼女の色白の指があった。握ってみようかと思い、でも眠っていて抵抗できない彼女にそんなことをするのは卑怯だと考え直し、けれども手を握るくらいはいいんじゃないか、とまた悩む。そんな時間が十分ほど続き、やっぱり握ってみよう、そこから始まる交際もあるかもしれないと、僕が意を決して手を伸ばしかけた、そのときだった。

　遠くのほうから、音が聞こえてきた。

　空気がうねるような、小さいけれど轟音ともいうべき、何かの音。

　僕は上半身を起こした。しかし、音の発生源は突き止められない。どこかで竜巻でも発生しているのだろうかと思うが、天候に異変は感じられない。

　隣を見ると、里菜はまだ呑気に眠っている。僕はいい加減寒さがこたえてきて、里菜を起こそうとレールに手をついた。

　そして、わずかに振動を感じた。

　まさか、と思う。終電は、間違いなく過ぎている時間帯なのだ。近くの踏切を車が通れば、このくらいの振動は伝わるかもしれない。だが、そう言えば轟音もさっきより大きくなっている気がする。

そのとき唐突に、駅の改札で待ち合わせた際に見かけた貼り紙の文字がフラッシュバックした。

〈臨時列車のお知らせ〉

全身の肌が粟立った。そこには、次のような説明が続いていた。

〈忘年会シーズンの最終列車の混雑緩和を目指して、当鉄道では、十二月の金曜日の最終列車を延長する臨時列車を運行いたします。これにより、最終列車は通常の平日ダイヤより約三十分延長されます〉

僕は急いで立ち上がる。しかしそのとき、先の見えなかったカーブの向こうから、電車の先頭車両が姿を現した。

とっさに飛びのく僕。耳をつんざく、電車の急ブレーキの音。そして――。


ああ。

彼女の手を、握っていたらよかったのに。


怖い……。手を握るって、そういう意味だったんだ。

て別れたと……相手を替えれば大丈夫なんじゃないかと思っていたが、だめだった。これは、俺の体の問題なんだ」

　もう、聞き飽(あ)きるほど聞いた台詞(せりふ)だった。付き合ってすぐのころは、自分の貧相な体や技術の未熟さのせいで彼を絶頂にまで導(みちび)けないのではないかと気に病(や)んだ。だが、相手が誰であっても同じなのだと彼は言う。その言葉の端に、女性経験がそれなりに豊富であることをにおわせているようで心が少しざらついたけれど、それにも慣れてしまった。

　妊娠したいわけではないから、必ずしも彼が射精する必要はなかった。だが、毎回長引いたうえで中途半端に終わってしまうのは、お互いにつらい。状況を改善すべく何度も話し合い、サプリメントを試したり、入念に前戯をおこなったりと、さまざまな手を講じてもみた——しかし、いまのところはことごとく失敗に終わっている。

　あたしなりに彼の症状について調べ、膣内(ちつない)射精障害という病名があることを知った。薬や器具による治療も可能らしい。彼の自尊心を傷つける気がして、これまで言い出せなかったけれど、やっぱり勧めてみようか——そう、思ったときだった。

「お願いがあるんだ」

　突然、彼が身を起こして言った。その目はどこか思い詰めたようだった。

「何？」つられてあたしも起き上がる。

「実は、これなら確実に興奮できる、という方法があるんだ。変態だと思われて嫌われるんじゃないかと不安で、いままで言い出せなかったけど……」

彼の言葉を理解するのに、数瞬を要した。どうやら、試してみたいプレイがあるということらしい。

「それって、どんなの？」

過激だったり、汚かったり、痛かったりするのは嫌だ。恐る恐る、あたしは訊いた。

彼は何度か言葉につっかえたのち、告げた。

「きみを縛りたい。動けなくして、何もかも俺の思うがままにさせてほしい」

そんなことか、と思った。ノーマルではないし経験もないけれど、直前にあたしが想像したほど特殊なプレイではなかった。

それでも、あたしは念のため確認した。

「逆らえないようにしておいて、痛い目に遭わせたりしないよね」

「大丈夫、俺にはサディスティックな趣味はないから」

これまでの付き合いを振り返っても、彼があたしに暴力を振るう姿は想像できなかった。いつだって、彼はあたしに優しかった。

怯えがまったくなかったと言えば嘘になる。でも、それで彼が満足するのなら、あたしにとってもうれしいことだった。

「わかった。次は、あなたの好きなようにやってみよう」

彼はほっとしたように微笑(ほほえ)み、裸のあたしを抱きしめた。

「ありがとう、莉々子」

下腹部にじわりと熱いものを感じる。こんなことになっても、あたしは彼が好きだった。


彼と――充(みつる)と出会ったのは、都内のとあるライブハウスの前だった。

あたしははたちのころからシンガーソングライターとして活動を始めて、もう五年になる。歌うことが好きで、自分で曲を作ってキーボードで弾き語りをし、アイドルになれるほど顔がかわいくないのは自覚しているけれど、それでも地道にライブを続けていたら少しは固定ファンもついてきた。二年前には、小さな事務所にも所属することができた。

一年ほど前、その事務所の勧めで、あたしは初めて弾き語りではなくバンド編成でライブをやることになった。サポートメンバーは事務所がそろえてくれた。初対面のギタリスト、ベーシスト、ドラマーは全員男性で、プロとして活動しているだけあって演奏技術は申し分なかった。

　バンド編成のライブは成功に終わった。誰かと一緒に音を鳴らし、ステージを作り上げるという体験に興奮したあたしは、打ち上げの席でいつもより酔っ払いながら、メンバー全員に「大好きだよ、絶対また一緒にやろうね」と言い、ひとりひとりとハグした。

　それがよくなかった。ギタリストの米山（よねやま）という男に、あたしは惚（ほ）れられてしまったのだ。

　バンドのグループLINEではなく、個人的に米山が連絡してきたのが始まりだった。あたしがソロで出演するライブに米山が観客として来ても、あたしはチケットが一枚多く売れたことを暢気（のんき）に喜んでいた。しかし、しだいに米山が二人きりで会いたがったり、バンドのライブの予定もないのにスタジオ練習を持ち掛けてきたりするようになると、あたしは嫌でも彼の好意に気づかないわけにはいかなかった。

　面倒なことになった、と嘆息（たんそく）した。あたしのほうでは、米山にはちっとも気がなかったからだ。

　ギターは確かにうまかった。けれども目つきが妙に鋭く、やせっぽちで、三十代なのに中学生のようなファッションセンスの米山には、いくら言い寄られても心が動かない自信があった。あたしに恋人でもいればまだよかったのだが、あいにくメンバーの前ではしばしばらく彼氏がいないことを再三ネタにしており、それは米山にとってみれば、いかにもあたしが恋人を欲しがっているように聞こえただろう。

米山が返信の有無にかかわらず毎日連絡をよこし、ライブにも必ず姿を見せるようになると、あたしはだんだん恐怖を覚えるようになった。そして四ヶ月ほど前、ついに事件は起きた。

夜の十時ごろだった。ライブを終えたあたしが、雑居ビルの地下にあるライブハウスを出て階段を上っていると、目の前に米山が立ちふさがった。

「お疲れさま。よかったら、いまから飯でも行かない？」

彼が今日のライブに来ていることには気づいていたが、あたしは物販の時間なども極力ほかのお客さんと話をするなどして、米山を避けていた。それでも彼はあきらめきれず、出待ちという強硬手段に出たらしかった。

「あの、あたし、約束があるから」

あたしは小声で言い、米山の脇を通り抜けようとした。ところが、米山に手首をつかまれてしまった。

「その態度はひどくない？　せっかく毎回ライブに来てあげてるのに」

「いや、放して！」

「莉々子ちゃん、最近オレのこと避けてるよね。どうして？　大好きって言ってたのに」

「ちょっと、やめて――」

細い体のどこにと思うほど、米山の力は強かった。それに、たとえ振り払うことができても、右手にキーボードを抱えたままでは、米山から逃げ切ることはできなかっただろう。

米山があたしを引きずろうとする。見ると、すぐ近くにエンジンをかけっぱなしにした車が停まっていた。米山が以前、自慢げに愛車の話をしていたのを、あたしは思い出した。

誰か助けて――叫ぼうとした、そのときだった。

「何してんだよ！」

突如現れた、若くて体格のいい男性に、米山は突き飛ばされていた。路上に尻餅をついた米山に、男性は顔を近づけて凄む。

「おっさん、俺の女に手出さないでくれる？」

「だ、誰だよおまえ――」

「こいつの彼氏だよ。文句あんのか」

真に受けたわけではあるまいが、勝ち目がないと思ったのだろう。米山は男性に背を向けて駆け出すと、近くの車に乗り込んで急発進させた。車が見えなくなったところで、あたしは男性に頭を下げた。

「助けてくれてありがとうございます」

「いいって、いいって」

男性はにこりと笑う。さっき凄んでみせたのと同一人物とは思えない、優しげな笑みだった。

その顔に、きゅんときたのだ。気がつくと、あたしは言っていた。

「あの、よかったら連絡先を——」


それからあたしたちは仲良くなり、すぐに付き合い始めた。彼の名は充といった。「とっさに『こいつの彼氏』って言ったけど、本当に彼氏になってもいいよ」と彼が言ってくれたとき、あたしは天にも昇る心地だった。彼は音楽にはさほど興味がなく、歌もうまくないし楽器もまったく弾けなかったけど、あたしの音楽活動には理解を示し、応援してくれた。

事件のあとも、米山からのアプローチはやまなかった。充に相談すると「俺が話をつけてやる。莉々子がいるとややこしくなるから、二人で会うよ」と言い、米山に直接連絡を取ってくれた。一度の話し合いのあとで、充は「もう大丈夫」と保証し、事実その日を境に米山からの連絡はぱったり途絶えた。

　頼りがいのある充に、あたしはどんどん惚れ込んでいった。しかし、そんな彼にも唯一と言っていい欠点があり、それがセックスのときに達してくれないことだった。四ヶ月間、会うたびにほぼ毎回、彼の家でセックスをしたのに、あたしは彼が射精したところをいまだに一度も見たことがなかった。

　縛りたいと言われた次の週末、あたしは再び彼の家に行った。夜が深まってベッドに移動すると、彼はあたしの服を全部脱がしたあとでこう言った。

「じゃあ、始めるね」

　彼がまず取り出したのは、アイマスクだった。

「目も見えなくするの？」

　あたしが訊ねると彼は、

「目や口で嫌がっているそぶりを示されるだけでも、気持ちが萎えてしまうんだ」

　アイマスクを装着すると視界は完全に閉ざされ、あたしは深い闇の中に取り残されたような気分になった。直後には、口にも何かがはめられるのを感じた。穴の開いたピンポン球のようなこれは、ボールギャグというやつではないか。大事な喉に負担がなければいいけど、と思う。

そのまま放置されたあたしの耳に、寝室にあるウォークインクローゼットの扉が開く音が聞こえた。アイマスクをする前に見た限り、拘束具は用意されていなかったので、そこから取り出しているのだろう。

続いてあたしの手首と足首が、細いロープでベッドの脚かどこかに固定されるのを感じた。あたしは全裸で大の字というあられもない姿で、何も見えず、何も言えず、身動きひとつ取れなくなっていた。

それから彼の指があたしに触れたとき、これまでにない快感が背筋を突き抜けた。

五感のいずれかを制限されると、ほかの感覚が鋭敏になるという話は聞いたことがある。視覚情報がないぶん、あたしの肌はいつにもまして敏感になっているようで、右の乳首を触る彼の指先がカサカサしていることや、左の乳首を舐める舌が意外と厚いことなど、いままで気づきもしなかったことを感じ取っていた。

「いいよ、莉々子。すごくきれいだよ」

彼があたしの耳元でささやく。何も言葉を返せないけど、下半身が濡れた。そこをまた、彼の指に攻められる。あたしは赤子のように意味のない声であえぎ、体の奥底から湧き上がってくる熱に翻弄された。

彼のほうでも、吐息の荒さや燃えるような体温から、いつもの何倍も興奮していることが伝わってきた。それほどまでに、女性を縛るのが好きなのだろう。とうとう彼の体の一部があたしの股を割って侵入してきたとき、それはいつもよりも明らかに硬くて大きくて、あたしは早くも一度、絶頂に達した。いったん動くのをやめてほしかったけれど、それを彼に伝える術はない。激しく動き続ける彼に、あたしは脳を破壊されるかと思った。

　そうして十五分ほどが経ったとき、彼が叫んだ。

「莉々子、いくよ、いくよ！」

　間をおかず、彼が果てたのがわかった。下腹部の内側で、彼の体の一部が魚のように跳ねる。力が抜けたのか、彼があたしの上に体重をあずけてきた。

　あたしは多幸感で頭がボーッとしていた。ついに、彼があたしで達してくれた――しかも、あたしもいつもより格段に気持ちよかった。

　しばらくしてすべての拘束を解かれたとき、あたしは興奮を抑えきれずに言った。

「すごくよかった。それに、充がいってくれてうれしい」

　充はあたしの頬を撫でた。

「俺もうれしいよ。莉々子、本当にきれいだった」

　彼の股間には、まだ避妊具が装着されたままだった。演技でないことはわかりきっていたが、果たして避妊具の中は、彼が満足した証で満たされていた。

「さあ、シャワーを浴びに行こう」

彼に手を取られ、あたしはベッドから起き上がる。切り替えの早さにやや驚いたが、いつもと違って短時間で終わったから体力が残っているのだろう。もう少し余韻を味わっていたかったものの、これから二人で眠ることになる彼のベッドを汚したくはなかった。

浴室で一緒にシャワーを浴びながら、彼が言う。

「また、縛らせてくれる？」

「もちろんだよ」

あたしはこくんとうなずいた。悩まされていた問題がようやく解決し、これからもずっと彼と一緒にいられる――その喜びに浸りながら。

それから関係を持つたびに、充はあたしを自室のベッドに縛りつけた。

手順は毎回、寸分の狂いもなかった。初めに目隠しとボールギャグを装着し、そのあとでウォークインクローゼットを開く音がする。先に両手を、次いで両足を縛られ、あたしは身動きが取れなくなり、研ぎ澄まされた体の感覚で彼の愛撫を堪能する。あたしが何も言えないからだろう、彼もまた言葉を発することは少なく、闇の中でベッドがきしむ音だけが響いて、快感の波は幾度も襲ってきてはあたしを絶頂へといざなう。

すべてが終わってぐったりしていると、やがて拘束が解かれ、あたしは自由になる。目の前に現れる彼の優しげな笑みと、避妊具に吐き出された欲望の塊とを見て、あたしはいつもとろけてしまいそうなくらいに安堵する。それからあたしは浴室に導かれ、彼と一緒にシャワーを浴びながら、心の底からじんわり湧き上がる彼への愛情に溺れる。

幸せな日々は、続いた。

そんな夜が十を超え、数えるのも億劫になってきたある日のことだった。

いつもどおり目と口を封じられ、ベッドに縛りつけられたあたしは、彼が腰を振るのに合わせてあえいでいた。同じ行為が何度繰り返されても、快感が薄らぐことはなかった。

体を揺らされていたあたしは初め、その違和感に気づかなかった。

しかし、直後に彼が動きを止めたとき、それでも体が振動していたので、あたしは何が起きたのかを理解した。ほぼ同時に、あたしが思い浮かべた単語を、彼が思わずといった感じで口にした。

「――地震だ」

あれ、と思った。

彼の声が、いつもと違って聞こえたからだ。

地震はすぐに収まった。彼が「続けるよ」と言い、再び体が揺らされる。そのときにはもう、彼の声は元に戻っていた。

聞き違いだったのだろうか。あるいは地震に動揺し、普段と違う声が出てしまったのかもしれない。でも、さっきの声、どこかで耳にしたような――。

次の瞬間、あたしはある想像に行き着いて、ぞっとした。

突き上げるような快感に負けじと、必死に思考をめぐらせる。

最初に目隠しをされてしまえば、その後は何がおこなわれていてもわからない。そのうえ口まで封じられていては、言葉で何かを確かめることもできないし、彼に対して要求することも、抵抗することもできない。

いつも、ロープはウォークインクローゼットから取り出されていた。なぜ、事前にベッドに用意しておかないのだろう。あれは、ウォークインクローゼットを開ける必要があるのをごまかすためではなかったか。

あるいは、彼が事後に必ず二人でシャワーを浴びようとすること。あたしが浴室にいるあいだなら、ウォークインクローゼットに潜んでいた何者かが部屋を脱け出すのは容易だ。

目隠しをされたときに初めて気づき、いまも右の乳首に感じている、カサカサした指先。本当に、充の指先はあんな風になっていただろうか。あたしは指先があんな風になる人種を知っている。あれは、ギタリストの弦を押さえる左手の指先だ。そして、充は楽器を弾かない。

充は米山と話をつけると言った。それ以来、米山からは連絡が途絶えた。いったいどのようにして、話をつけたのだろう。

あたしを縛りたいという願望を告白したとき、充は次のように切り出した。

――これなら確実に興奮できる、という方法があるんだ。

彼は、興奮できる、と言ったのだ。確実に膣内射精できる、とは言わなかった。

確かに緊縛を好む人はいる。それをフェティシズムと呼ぶのなら、そのほかにも世の中にはさまざまなフェティシズムが存在している。

そう、あたしは知っているのだ――この世には、自身のパートナーを他人に寝取られる場面に興奮する人たちがいることを。

「いくよ、莉々子、いくよ」

充の声が耳元で聞こえ、体の動きが激しくなる。逆らえず、何も見られず、何も言えない状態のままで、あたしは思う。

もうじき、あたしの中で男は果てるだろう。果たしてそれは充なのか、そうでないのか。

真相は、闇の中。

読んでいて気分が悪くなった。この作者は女性を何だと思っているのだろう。

9 / 2nd week

名優

「――義兄さん」

後ろから声をかけると、喪服姿で畳の上に正座していた義兄の諏訪恵介はこちらを振り返った。

「……悠宇くんか。まだ、帰っていなかったのかい」

「ええ。両親は先に帰しました」

まるで作り物のように端整な顔立ちの義兄に見つめられると、いまでも体が強張る感覚がある。テレビを通して観ていた人とじかに接することへの非現実的な感覚には、たぶんこの先も慣れはしないのだろうな、と思う。

「僕も、座っていいですか」

「構わないよ」

義兄が片づけたばかりの座布団を差し出してくれ、僕は礼を言ってその上に腰を下ろす。めったに着ない礼服の、ひざのあたりに窮屈さを感じた。

姉の告別式と火葬を終え、義兄と姉が暮らした自宅にて初七日法要まで済ませたあとのことだった。セキュリティの万全なこのタワーマンションの一室に、足を踏み入れたのは今日が初めてだったが、このような和室があるのは意外だった。ここに住み始めたとき、すでに姉の病気は判明していたはずだ。片隅に作られた白い祭壇と、その上の骨壺(こつつぼ)が悲しいほどになじむこの部屋を、無意識にでも二人は求めたのだろうか。

「何か、用事が残っていたかな」

何気ない台詞(せりふ)までもが芝居(しばい)がかって聞こえる義兄の質問に、僕は背筋を伸ばして答えた。

「義兄さんに、あらためて言っておきたいことがありまして」

「何だろう。お手柔らかに頼むよ」

そのすかした態度も、以前の僕なら違った解釈をしてしまっていただろう。けれどもいまは、彼なりの強がりや照れ、あるいは気遣(きづか)いの表れなのだろうと思える。

僕は深々と頭を下げる。そして、言った。

「姉がお世話になりました。本当に、ありがとうございました」

姉の奈良岡真帆は、日本に住む人なら誰もが知る有名女優だった。

弟の僕の記憶にある限り、彼女の夢は幼いころから変わらなかった。女優になりたいと公言し、庶民的な家庭で生まれ育った両親を説得して子役オーディションを受け、小さな劇団にも所属した。飛び抜けた美人ではないがまずまず整った容姿と、劇団で培った演技経験がものを言ったのか、高校生のころには大手の芸能事務所からスカウトされ、単身上京して映画やドラマに端役で出演するようになった。

主演を張れるほどの華こそなかったものの、早くから高い演技力が評価されていたようで、二十歳のときに出演した映画でメジャーな映画賞の助演女優賞を受賞すると、一気に知名度が上がった。その後は連続ドラマにも毎クールのようにキャスティングされ、それからおよそ十年にわたって、人気女優としての地位をほしいままにした。

華やかな世界に身を置く姉とのあいだでバランスをとるかのように、僕は大学を卒業したのちは地元愛知県の一般企業に就職した。仕事で忙しい姉とは顔を合わせる機会はおろか連絡を取ることも少なかったが、それでも姉の出演するドラマや映画はたいていチェックしていたし、第一線で活躍する姉のことを誇りに思ってもいた。

そして、姉が三十歳を過ぎたころだっただろうか——週刊誌に、姉と人気俳優との交際をすっぱ抜いた記事が掲載されたのは。

「……正直に言うと、姉が俳優の諏訪恵介と付き合い始めたことを知った当初は、快くは思いませんでした」

僕が心情を吐露(とろ)すると、義兄は苦笑する。

「当時のぼくの評判は、芳(かんば)しくなかったからね」

諏訪恵介は若手のころから売れっ子の俳優だった。その甘いマスクから女性の人気が高く、また演技も天才的と評され、映画や連続ドラマでしばしば主演に抜擢(ばってき)された。ことに二枚目を演じさせると同世代の俳優で右に出る者はいない、と言われていたそうだ。

しかし彼はその役柄のイメージに違(たが)わず女性関係が派手で、女優やアイドルと二人で街を歩いているところをたびたび週刊誌に撮られた。独身だったこともあり、仕事上のダメージは大きくなかったようだが、それでも短期間に次々と交際相手を替える彼の生活ぶりを知って離れていくファンは一定数いた。また早くから人気を博したせいでお高くとまっていたのか、態度が大きくスタッフの扱いもぞんざいで現場では嫌われている、といった悪評も聞かれた。

「もちろん、僕は姉の交際に口出しできる立場じゃありません。結婚するというのなら話は別だ、とも考えていましたが……どうせすぐ別れるだろう、とはなから決めつけていました」

「だが、そうはならなかった」

義兄の言葉に、僕はうなずいた。

「当時の僕はあなたのことを、そして姉のことを、何もわかっていなかったんです」


ドラマでの共演をきっかけに交際を始めた諏訪恵介と奈良岡真帆は、週刊誌で〈ビッグカップル誕生〉と大々的に、いくばくかの皮肉も込めて報じられたのを機に、世間でも公認のカップルとなった。

むろん、諏訪恵介のこれまでの素行を踏まえて冷ややかな目で見る向きはあった。姉に対しても、失望の声がささやかれたようだ。確かにこの時期、姉の仕事は以前に比べると減っていた覚えがある。ただそれは、もともとが忙しすぎたのであって、キャリアを積んでギャラが上がれば仕事の本数が減るのは自然なことなので、弟として姉の行く末を案じ、ことさらに諏訪との交際に反対するほどではなかった。

それからおよそ一年、二人の交際は続いた。僕はまるで他人事（ひとごと）のように、諏訪恵介にしては長く続いているな、という印象を持っていた。その間にも諏訪がほかの女性と遊んでいた、といった噂も聞かれないではなかったが、決定的な報道などはなく、ときおり姉に様子うかがいの連絡を入れても「交際は順調」との答えが返ってくるばかりだった。このころには僕も、二人ともそろそろいい歳でもあるし、諏訪ももう落ち着きたいのかもしれないな、もしかしたら二人が結婚して、諏訪が義兄になる未来もあるのかな、なんてことを想像するようになっていた。

そんなある日のことだった。姉から僕のもとに直接、電話がかかってきた。めずらしいことだったので、携帯電話に表示される姉の名前を見たとき、僕はめでたい報告かな、などと呑気に考えていた。

電話に出ると、姉の声は乾ききった土くれのようにかさついていた。

彼女は言った——乳がんが見つかった、すでに転移が見られる、と。

「僕は家族ですから、闘病生活がどのような経緯をたどろうとも、姉に寄り添う覚悟はできていました。でも、あなたに姉の人生を背負わせるのは、酷だと思った」

僕がそう言うと、義兄はすぐさま言い返してきた。

「ぼくだって、まだ家族でこそなかったが、恋人だった」

「姉から告知を受けたとき、別れようとは考えなかったんですか」

かなり踏み込んだ質問であることは承知のうえだ。義兄は反射的に「それはない」と答えたあとで、

「いや……まったく頭をよぎらなかったと言えば、嘘になるかな。あまりにも、ぼくは無力すぎたから」

「ステージⅣのがん患者に手を差し伸べられる人なんて、医師以外にはいません」

僕の杓子定規な返事がおかしかったのか、義兄は小さく笑う。

「恋人の病気を悲しむ気持ちとは別に、困ったことになった、と思いはしたよ。どうしてぼくがこんな目に遭わなきゃならないんだと、運命を呪いもした。だが言うまでもなく、一番つらいのは彼女だからね。いまの自分にできることは何だろう、彼女のためにしてあげられることは何だろう、と一所懸命考えた」

「本当に、勇気のいることだったと思います」

僕はあらためて敬意を表する。

「その後のことを振り返ると、義兄さんにはいくら感謝してもしきれません。短いあいだでも、姉は幸せだったろうと信じられるから」

「ぼくも幸せだったよ、彼女と夫婦になれて。彼女のため、だけではなかった」

義兄の言葉にはしみじみと実感がこもっている。僕は目頭が熱くなった。

「いろんな葛藤があったと思うんです。あなたには、立場もあった。姉を見捨てられないことが、あなたにとってはこのうえない足枷になっただろうって」

「そんな風に感じたことはないさ」

義兄は言うが、僕はかぶりを振った。

「実は僕、姉から聞いたんです——病気が見つかった当時、姉と義兄さんの関係は決して良好ではなかった、と」


姉の乳がんが発覚して間もなく、彼女は諏訪恵介と入籍した。

僕ら家族にとっても驚きの報告だった。諏訪のほうから、夫として闘病生活を支えたい、と申し出があったそうだ。

当然、姉にもためらいはあった。ここで夫婦となることが諏訪にとってどれほど重荷になるかを、彼女は理解していたからだ。けれども最終的には説得される形で諏訪のプロポーズを受け入れ、彼らは入籍を済ませると、一緒に暮らすための新居へと移り住んだ。

姉が病気と入籍を公表すると、世間には衝撃が広がった。悲しみの声、闘病に対する励ましの声、そして結婚を祝福する声は鳴りやまず、連日ワイドショーで取り上げられた。

とはいえ姉は静かな生活を望み、表には一切姿を見せず、メディアなどへの対応はすべて夫となった諏訪恵介がおこなった。

　このころから、それまでとは打って変わって、諏訪恵介に対する好意的な声がメディアやSNSなどから上がり始めた。病気の恋人を夫として支える決意をしたことで、前時代的な表現ではあるが、男を上げたと見られたようだ。仕事の面でも、三十代になっても相変わらず気障な役ばかり演じていたのが、しだいに家族思いの優しい父親の役などにもキャスティングされるようになっていった。彼は演技に関してはやはり天才的で、これまでのイメージを覆す役を見事に演じ、さらに評判を高めていった。

　諏訪は仕事を続ける必要がある一方で、姉は治療のために入院しなければならず、新居でともに過ごした月日は長くなかった。あるとき、僕は単身上京して、見舞いに姉の病室を訪れた。ベッドの上の姉は見違えるほどやせ細り、抗がん剤の影響で美しかった長い黒髪が抜け落ちていた。僕を見ると、テレビを通して何度も見た微笑を浮かべた。

「よく来てくれたね、悠宇」

　姉と二人きりで話をするのは、いつ以来かも思い出せないくらい久しぶりのことだった。僕らは病気の話題を努めて避けるように、子供のころの思い出や、何でもない日常の出来事について語り合い、笑った。けれども夏の空に夕刻、分厚い雲が垂れ込めるように、どうしようもないほど強い引力によって、話はしだいに病気に関することへと移っていった。

「僕は、義兄さんがあんなに優しい人だとは思わなかったんだよ」

挙式こそ叶わなかったが、家族への挨拶の機会が設けられたことで、僕は有名俳優の諏訪恵介と顔を合わせていた。初めて会う義兄は、かつてメディアによって刷り込まれていた人物像からは程遠く、穏やかで誠実な男性に見えた。

姉はいたずらっぽく肩をすくめる。

「実は、私も」

「そうなの？」

「一緒にいて楽しかったから、付き合ってみたの。でも、女性を大事に扱うとか、弱者に思いやりを持つとか、そういうタイプには見えなかった。一年間、ずっとそばで見てきたけれど、はっきり言って心証は悪くなるばかり。病気が見つかるまで、私もいい加減、彼とは別れようと思ってたのよ」

意外な告白に、僕は言葉を失った。姉はなぜだか楽しそうに語る。

「会えばいつもケンカばかりで。たぶん彼、ほかにも女がいたと思う。それだけじゃない、私のほうも彼との交際がスクープされてからは仕事が減る一方で。あー失敗した、彼と付き合ったっていいことなんかひとつもなかった、なんて心底後悔してたんだから」

　でもね、と姉は続ける。

「病気のことを打ち明けたとたん、彼は人が変わったように献身的になって。あんな一面があるなんてちっとも知らなかった。私、恋人だったのにね」

　口には出さなかったが、知らなかったというよりそんな一面などなかったのではないか、と僕は思った。姉の病気が、諏訪恵介の新しい人格を生んだのではないか、と。

「彼がどんなに難しい立場に置かれているか、私はちゃんとわかってる。だって、何しろ同業者だもの。大病を患った恋人を見捨てた、なんてことが世間に知れたら、彼は今度こそどんなスキャンダルが世に出たときよりも大きなダメージを受けるはず。彼にはもとより、私と別れるという選択肢がなかった」

「そんな風に考えるのは、自分を卑下しすぎだよ」

「そりゃするよ。だって、恋人がもうすぐ死んじゃうかもしれないだなんて、どの角度から見たって苦しいに決まってるもの。私、自分が死ぬことよりも、彼に迷惑をかけてしまっていることがいたたまれない」

　だから、と姉は僕の手を取った。

「私が死んだら、彼にちゃんとお礼を言ってね。私、これからどんどん闘病がつらくなって、理性も失って、もっともっと彼に嫌な思いをさせちゃうと思う。だから、私が死んですべてが終わったら、あなたの口からきちんと伝えてね」

死ぬなんて言うな、と励ますべきだったのかもしれない。けれど、僕は素直に首を縦に振った。まかせてほしい、と。だからいまは何も悩まず、少しでも安らかに日々を過ごしてほしい、と。


「きれいごとでは済まなかっただろうと思います。姉が日に日に衰弱し、あるときには悪態をついたり、あるときにはひどく陰鬱(いんうつ)な言葉を垂れ流したりしながら、最終的に亡くなってしまうまでの姿を、義兄さんはずっとそばで見てきたんですよね。きっと、途方もなく神経をすり減らしたに違いない、と」

「確かに、とてもつらいことではあった」

それさえも懐かしむように、義兄はつぶやく。

「姉は、全部わかってました。だから、僕から義兄さんにお礼を言わなくちゃいけなかった。姉のぶんと、弟の僕のぶんも含めて。両親は、早すぎる姉の死に打ちひしがれていて、まだそれどころではないから」

「きみみたいなしっかりした弟を持って、真帆はさぞ誇らしいだろうね」

義兄が僕の肩をぽんと叩く。僕は首をかしげた。

「そうでしょうか。努力家で、自分で道を切り拓(ひら)き、激動の人生を送った姉と比べると、僕はただぼんやりと日々を過ごしてきただけのような気がしてしまいます。姉から見ても、物足りない弟だったんじゃないかと」

「そんなことはないさ。誰もが有名人になれるわけじゃないし、有名だから偉いわけでもない。自分たちがいるような世界も、ごく普通の日常を支えてくれるたくさんの人のおかげで成立しているということを、彼女は常々意識していた。ひたむきに己(おのれ)の人生を生き、実の姉の死に際してもうろたえることなく、ぼくやご両親を気遣うことができる。きみは、立派な人間だよ」

その言葉を、僕は義兄の口を借りて姉が語りかけてくれているように感じた。気づくとあふれ出していた涙を、喪服のポケットから取り出したハンカチでぬぐう。

「大丈夫かい」義兄のいたわる声が響く。

「すみません……義兄さんの言うとおりなら、姉がそんな風に感じてくれていたのなら、いいなと思って」

「間違いないさ。夫のぼくが、保証するよ」

僕は確信した。この人は、昔は女性にだらしなく、傲岸(ごうがん)で、その点では眉(まゆ)をひそめられても仕方のない人間だったかもしれない。だけど僕は、いまでは彼のことを尊敬できる。姉と歩んだ日々を経（へ）て、彼は変わったのだ。

涙をぬぐってしまうと、僕は義兄の顔を正面から見つめて言った。

「姉は亡くなったけど、これからも、僕の義兄さんでいてくれますか」

義兄は少し驚いたようだったが、にっこり笑った。

「もちろんだ。真帆が死んでも、きみは変わらずぼくの弟だよ」

僕は義兄の手を取り、また泣いた。姉を喪（うしな）った悲しみと、義兄の優しさが身に染みて、自分もいい大人なのにしゃくり上げるのを抑えられなかった。

僕の悲しみも深いが、義兄も同じかそれ以上に悲しんでいるに違いない。なのに、自分が居残ったせいで気を遣わせてしまった。そろそろ退散せねばなるまい。

「ありがとうございました。帰ります」

僕が立ち上がって玄関に向かうと、義兄もあとからついてきた。

靴をはいたところで、振り返る。

「お世話になりました。お邪魔しました」

「納骨は四十九日にするから、それまでに真帆に会いたくなったら、またいつでもおいで」

「はい。落ち着いたら、ごはんでも行きましょう」

「そうだね、ぜひ。それじゃあ」

僕が軽く一礼すると、玄関のドアは閉められた。多忙を極める彼とは今後、会う機会もほとんどなくなるだろう。それでもいい。心の中で、僕は彼を義兄として慕い続ける。

マンションの共用廊下を進み、エレベーターホールに着いた。だが、ボタンを押そうとしたところで、あることに気がついた。

ポケットが軽い。あらためると、ハンカチが入っていない。涙を拭くのに使ったまま、和室に置き忘れてきてしまったようだ。

高価なものではなかった。すでにマンションを離れていれば、わざわざ取りに戻ることはなかっただろう。だが、まだエレベーターにも乗っていない。

僕は共用廊下を引き返し、いまは義兄だけの自宅となった部屋の前へと戻った。玄関先で声を張ったほうが手っ取り早いと判断し、ドアノブに手をかけると、鍵はかかっていなかった。

「やっと終わった。みんな帰ったよ」

ゆっくり開いたドアの隙間から義兄の声が聞こえてきて、僕は声を上げるのをためらった。電話でもしているのかと思ったが、そうではないらしい。義兄は姉の遺骨に向かって語りかけているのだ。

聞いちゃいけないと思いつつも、動いたら見つかってしまうので、僕は固まった。

「あのころ、ぼくは瀬戸際だった。新たに女性関係の記事が世に出る寸前で、事務所からも愛想を尽かされ、完全に落ち目だった。それがどうだ。きみの病気と入籍の件でうやむやになり、いまでは評判を回復し、仕事の幅も広がった。きみはぼくに、最高のプレゼントを遺(のこ)していってくれたよ」

そして、グラスに氷がぶつかる音がして、僕は知ったのだ――名優と謳(うた)われる諏訪恵介の、芝居をやめた素の一面を。

「ありがとな、死んでくれて。乾杯！」

自分の名誉のためだけに、ここまで献身できるものだろうか？　胸糞(むなくそ)悪いけど、見方を変えればそれも優しさと言えるような気もする。

10 / 2nd week

依存症

「……あたしって、やっぱり依存症なのかしら」

カクテルグラスの脚を持ち、女はため息交じりにつぶやいた。

東京都渋谷区、恵比寿の駅前からは少し離れた路地にある、カウンター席のみの小さなバーだ。四十手前の男性のバーテンダーが、ひとりで切り盛りしている。

バーテンダーはグラスを磨きながら、女をさりげなく観察した。どちらかと言えば美人の部類だ。年齢は三十歳前後か、上に見積もっても三十代半ばだろう。長い黒髪の前をかき上げ、平日のそろそろ深夜と呼べる時間帯に差しかかるが化粧は崩れていない。両目の下に泣きぼくろがあるのがめずらしく、左手の薬指には細いプラチナの指輪がはめられていた。

独り言めかしてはいたが、そうではないだろう。バーテンダーは純白のクロスでグラスを磨きつつ、静かな声で応じる。

「何に、依存を?」

「旦那。……ううん、そうじゃないかも。こうしてひとりで飲みに来てるのだから、お酒に依存しているのかもね」

「後者はまだわかりますが、旦那、とは」

「聞いてくれる?」

女はカウンターに両肘を突き、身を乗り出した。

「最近ね、どうも旦那が不倫してるらしいのよ」

「と、いうと」

「半年くらい前からかしら。帰りが遅い日が急に増えてね。それに、毎月のように泊まりがけで出張に行くの。おかしいんじゃないって言っても、会社が大変な時期なんだってかわされて。今日だって、出張ってことで家には帰ってこないとわかってるから、あたしもこうして飲み歩いてるんだけど」

「突然忙しくなるというのは、ビジネスマンにはままあることかとは思いますが」

「それだけじゃないわ。香水のにおいをまとって家に帰って来たことも、ワイシャツにファンデーションがついてたこともある。これ何よって問い詰めたけど、仕事の付き合いでキャバクラに行ったとか、満員電車でＯＬにぶつかったんだとか、適当な答えばかり返ってきて」

「それは、いかにも言い訳めいてますね」

「もっと決定的な証拠があるの。これ、何だかわかる」

女は着ていたネイビーのジャケットのポケットから、金色に光る何かを取り出してカウンターに置いた。バーテンダーは顔を近づける。

「ピアス、ですか」

「ええ。女モノの、ね。これが、旦那のスーツのポケットから出てきたのよ。もちろん、あたしのものじゃないわ」

お通しのナッツをつまむような動作で、女はピアスを拾って手のひらに載せた。

「たぶん、不倫相手の女がこっそり入れたのね。女ってときどき、そうやって深い考えもなく存在をアピールしたがるものだから」

「そんな忌まわしいピアスを持ち歩いておられるとは」

「いざというときのために、不倫の証拠として取っておいてあるの。相手の女がピアスを忍ばせたことを旦那に教えて、旦那が証拠隠滅のために探しでもしたらことでしょう。だから、ね」

女がピアスをポケットにしまい直す。

「今夜だって、きっとあたしのことはすっかり騙しおおせたと思い込んで、その女とよろしくやってるに違いないわ。ああ、ムカつく」

「お聞きする限り、旦那さんにはずいぶん腹を立てておられるご様子ですね。しかし先ほどは、依存している、と」

「そうなの」

女の二度目のため息が、白いカクテルの表面を揺らした。

「わかってるのよ。あんな男、いい加減見限るべきだって。別れるなら、子供がいないいまのうちだってことも」

「いざ離婚するとなると、容易にはいかないのが世の常ではありますが」

「違うの。あたし、こんなになってもまだ、旦那のことが好きなのよ」

女の目尻が、きらりと光ったような気がした。

「惚れた弱みね。どうしても別れたくなくて。だから結局、旦那が好き勝手やるのを許すしかない。でも、やっぱり心は傷ついていて。あたし、旦那を愛する気持ちと恨む気持ちとで、引き裂かれてしまいそう」

洟をすする音が、静かな店内に響く。

「お酒を飲んでいるあいだは、そんなつらさも膜が張ったみたいに曖昧になる。だからあたし、旦那か、お酒か、どっちかに依存してるみたい」

「――夫の不倫を許せるようになる、いい方法がありますよ」

突如、男の声がして、バーテンダーと女はそちらを振り向いた。

カウンターの一番端で、先ほどから無言でバーボンを飲んでいた男性客だった。着ているスーツは仕立てのいいもので、左の手首にはオメガをはめている。

「不倫を許せるようになる方法？」

女が小首をかしげる。男はロックグラスを持ち上げ、簡単です、と言った。

「自分も不倫をすればいい。そうすれば、お互いさまってことで夫の不貞が気にならなくなりますよ」

一瞬ののち、女が噴き出した。

「それは、旦那に不倫された哀れな既婚女性を口説くときの常套句なのかしら」

「もちろん、あなたさえよければ、お相手を務めるのにやぶさかではありませんがね。あなたはおきれいだから」

「ありがとう。お世辞でもうれしいわ」

男が席を立ち、女の左隣に移動した。

「ここ、座っても？」

「お好きにどうぞ」

男が座る。二人はグラスを軽くぶつけ合った。

「本当に、自分も不倫をすれば旦那を許せるようになるのかしら」

「少なくとも、あなたが何もしなければ、いまの状況は変わりません。不倫をすれば、許せるようになる可能性はある。不倫をしたところで許せはしないかもしれないが、それで別にあなたが損をするわけでもない。試してみる価値はあると思いますが」

「口八丁ね。つい納得しそうになっちゃう」

「手八丁でもありますよ。試してみますか」

「おもしろいことを言うのね。でも、だめ」

「どうして？」

「あたし、聞いたことがあるの。あなたみたいな男が、実は誰かに雇われているという話を」

男が、ほう、という顔をした。

「ある男が不倫相手と一緒になるため、妻と別れたがっている。でも、このまま離婚すれば責めは夫に帰し、多額の慰謝料を支払わなければならない。そこで、夫はとある、ルックスがよくて口もうまい男を雇い、妻に接近させた。妻は男に口説き落とされ、夫がその証拠を提出して、慰謝料を払うことなく離婚成立。めでたしめでたしってわけ」

「つまり、私があなたの夫に雇われた男である、と？」

男がバカにしたように笑う。女は唇をとがらせた。

「ありえないとは言い切れないわ」

「確かにね。だが、現に私は雇われてなどいない」

「口だけなら何とでも言える」

「では、どうすれば信用してもらえるのかな」

「さあね。自分で考えて」

男は少し間をおいて、スーツの内側のポケットに手を差し入れた。

「社会的地位を明かして女性を口説くような真似はできれば慎みたいが、仕方ないな。こちらを見ていただきましょうか」

男がカウンターの上に置いたのは、一枚の名刺だった。女はそれを両手で顔の前に掲げ、目を見開いた。

「音楽プロデューサー……？」

「ええ。きっとあなたもご存じの人気アーティストを複数、手掛けていますよ。自分で言うのはおこがましいが、業界では名の知れたほうです。疑うなら、ネットで検索でもしてごらんなさい」

言われたとおりに、女はスマートフォンを取り出して操作し始めた。ほどなく、驚きの声を上げる。

「本当だ……音楽関係の記事がいっぱい出てきた。ウィキペディアにも載ってる」

「本物ですからね。これ以上ない身分証明だ」

「でも、音楽業界の人ってスーツなんて着ないんじゃないの」

「今夜はあるアーティストのニューリリースを祝う、ちょっとしたパーティーがありましてね。飲み足りなくて、ここへ来たんです。普段はラフな恰好(かっこう)をしてますよ」

男は名刺をポケットにしまった。

「これでおわかりいただけたでしょう。私は顔こそ明かしてないが、名前を世間に出して仕事をしている人間だ。付け加えるなら、結婚もしている。誰かに雇われているとしたら、そこでする不倫は確実に明るみに出るでしょう。私の不倫が世間に知れ渡れば、本業に悪影響が出ることは避けられません。そんなリスキーな仕事を、私が引き受けるはずはないのです」

「それは、わかるけど……」

「まだ信用していただけませんか」

「そうじゃなくて。どうしてそんな人が、あたしを誘ったりするのよ。これだって不倫で、リスクはあるじゃない」

「あなたがきれいだから。それだけじゃだめですか」

「だめよ。もっと説得力のある理由を示して」

男は臆さなかった。回答はすでに頭の中に用意してあったのだろう。

「夫の不倫を許すために、あなたが不倫をしたとする。ならば、そのことをあなたは当然、隠したがるはずだ。いくら音楽プロデューサーといえども、私にマスコミが張りついているといったことは考えられないから、あなたから漏れなければ誰にもバレない。リスクが小さく、あなたほどきれいな女性のお相手ができる――男なら、誰だってこうする」

女の無防備に空いた左手を、男が握った。

「それに、これは人助けでもある。夫への愛情と怨嗟の狭間であえぐあなたを楽にして差し上げるという、ね」

「本当に口がうまいのね。呆れた」

「と言いつつ、放しはしないんですね」

男が握った手を持ち上げる。

「そうね。あなたの手、なぜだかしっくりきてる」

「手を握ったときの感触で、体の相性がわかるという説がありますよ」

「それ、本当なの？」

「本当かどうか、身をもって確かめるのも一興かと」

「どこで？　あたし、ラブホテルなんて嫌よ」

男の瞳（ひとみ）に鋭い光が宿った。当たりを感じていた針の先に、魚がかかったことを確信した釣り人のごとき眼差（まなざ）しだった。

「いっそ、ご自宅まで送りましょうか。どうせ旦那さんは帰って来ないんでしょう」

「やめてよ。それだけは絶対に無理」

「冗談ですよ」

言いながら、男はスマートフォンをいじっている。すぐに、画面を女に向けた。

「近くのホテルを押さえました。ここからタクシーで五分もかからない」

「まあ、慣れてるのね」

「大人の男のたしなみってやつですよ。——マスター、チェック」

バーテンダーはうなずき、女の飲み代と合算した伝票を男に渡した。男はゴールドのクレジットカードで支払い、席を立つ。男が店のドアを開けたとき、寄り添う女が彼にさりげなく腕を絡（から）めるのが見えた。

客のいなくなった店内で、バーテンダーはひとり、静かに息を吐き出した。いましがた出ていったばかりの、男女の客について考える。

あの男はこの店の常連だ。むろん、音楽プロデューサーなどではない。顔を公開していない著名なプロデューサーの名前を拝借して、もっともらしく見える名刺を勝手に作り、女を口説く際の小道具としているだけだ。バーテンダーが一切口出ししないのをいいことに、しばしばこの店を《狩場》にしているが、あのスーツとオメガ以外の服装を見たことがない。実際には、ろくな仕事をしておらず、金も大して持ってはいないのだろうと踏んでいる。ゴールドカードだって年会費を払えば手に入るものだ。見栄（みえ）のためであれば、そう高くはない金額だ。

今夜も夫の不貞に傷つく女をうまく言いくるめることができ、しめしめとでも思っているのかもしれない。あの手の男は、えてしてその過程をある種のゲームのようにとらえている節がある。だが――。

これが全国各地のバーで夜な夜な繰り広げられる男と女のゲームなら、今宵（こよい）の勝者は、果たしてあの男のほうだと言えるだろうか。

——あたしって、やっぱり依存症なのかしら。

女の台詞が、耳元でよみがえる。

ああ、確かに彼女は依存症に違いない。だがその対象はお酒ではないだろうし、ましてや夫ではありえないはずだ。

女がこのバーを訪れたのは今宵が初めてだ。にもかかわらず、バーテンダーは女のことを知っていた。

夜の恵比寿で、男と腕を組んで歩く女の姿を何度か見かけたことがあったからだ。商売柄、バーテンダーは人の顔を憶えるのに長けていたが、その能力に頼るまでもない。女の両目の下には、特徴的な泣きぼくろがある。

付き合いのある別の飲み屋の店主から、彼女の噂を聞いたこともある。両目に泣きぼくろのある女が、ときおりやってきて夫の愚痴をこぼしては、毎回違う男に連れ出されていくという。初めは警戒を装いながら、最終的に男と腕を組んで店を出ていくのだ。

恵比寿のように人が多くにぎやかな街でも、そんな風に目立つ行動を繰り返していれば、噂は瞬く間に広まる。にもかかわらず、あの女を口説く男は減らないし、それがあと問題になったという話も聞かない。女は何か犯罪じみた目的を持っているなどではなく、あくまでも男と一夜を過ごすことだけが狙いなのだろう。

だが、それは決して、不倫をする夫に対する意趣返しなどではない。夫に憤るふりをして隙を作り、涙すら流してみせる彼女の言動はさっぱり理解できないが、それもまた洗練されたやり口なのかもしれない。

だから、思うのだ。彼女は依存症なのだ、と。

——聞いてよ、マスター。おれ、すごいもの見ちゃってさ。

とある常連客の男性の言葉が、脳裡によみがえる。

——この前、ここでどっかの飲み屋の店主が、泣きぼくろの女の話してたじゃん。おれもこの前、見かけたのよ。恵比寿でさんざっぱら飲んで、朝帰りの途中だったんだけど。

彼は朝帰りでも、女は朝帰りではなかった。

——道端のマンションから、Tシャツに短パンっていう、明らかな寝間着姿で出てきてさ。顔もすっぴんだったけど、なかなかの美人だったね。そんな時間に何してたのかって？　ゴミ袋持って、マンションのゴミ捨て場に入ってったよ。

女がこのあたりに住んでいるのだろうとは、察しがついていた。常連客は語る。

——おれ眠かったし、ぼーっとながめてたんだけどさ。マンションのエントランスへ戻っていく女を見送ったあとで、あることに気がついたんだよ。

彼は近くの不動産管理会社に勤務しており、この界隈の建物について詳しかった。

――いやあ、ぞっとしたよ。だって、あのマンション――。

バーの扉が開いて、バーテンダーの思考は中断された。

入ってきたのは、一組の男女だった。バーテンダーにうながされ、カウンターに隣り合って座る。初めて見る客だった。女のほうが敬語を使っているから、恋人や夫婦というわけではないらしい。

女はカクテルを、男はハイボールを注文する。酒を飲み始めるとすぐに、女はスマートフォンをいじり始めた。こんな夜遅くに二人きりでバーに来るくらいだから、男を疎んでいるわけではあるまい。単に、癖なのだろう。

男が苦笑した。

「こんなときくらい、スマホを置いたらどうなんだ」

「ごめんなさい。でも、気になっちゃうんですよね」

「依存症じゃないのか、それ」

「えー。それはさすがにおおげさですよお」

いいや、とバーテンダーは心の中で異を唱える。

どいつもこいつも、何かしらの依存症なのだ。スマートフォンを手放せない女も、身分を偽(いつわ)って異性を口説く男も、そしてあの泣きぼくろの女も。

バーテンダーは壁の上部に設(もう)けられた細長い窓の向こうを見やる。時刻からすると錯覚に違いないが、早くも空が白み始めているように感じられた。東京の朝は早い。四時台にもなれば始発が動き出し、ほどなく通勤する人たちで電車は混み合う。

明け方になれば、とバーテンダーは思う。

明け方になれば男と女のゲームも終わり、あの泣きぼくろの女は服を着て、似非(えせ)音楽プロデューサーと別れて指輪を外し、そして帰っていくのだろう――常連客が目撃したという、単身者専用のマンションへと。


よくよく考えるとぞっとする話。でも、わりとどこにでもある光景なのかも。

11 2nd week 友達の輪

「愛ちゃん、ちょっと」

夜、愛李が自室のベッドに寝転がって漫画を読んでいると、母親がやって来て言った。

「警察の人が来てるわよ」

「警察?」

思わず飛び起きる。母は眉間に皺を寄せ、

「愛李さんに話が聞きたいって。あなた、何か悪いことでもしたの」

「してないけど」

自室を出て階下に降りると、ダイニングの椅子に二人の私服姿の刑事が腰かけていた。

三十歳くらいの女性と、それよりだいぶ歳上のおじさん。

「××高校二年三組、鍋島愛李さんですね」

女性に問われ、愛李はうなずく。愛李が腰を下ろすのを待って、女性が人払いをした。

「お母さまは席を外していただけますか」

後ろ髪を引かれる様子で、母親が二階へ去る。女性の刑事は愛李に向き直り、訊ねた。

「最近、何か変わったことや、つらいことはありませんでしたか」

愛李は首をかしげる。「いいえ、特には……」

「本当に？　言いにくいことなら、あとでこっそり教えてくださってもかまいませんが」

「あの、何の話です？」

二人の刑事は目を見合わせる。女性のほうから切り出した。

「今日の夕方、梁川亜星という少年が、交番に出頭しました。同じクラスの鍋島愛李さんをレイプしてしまったので自分を逮捕してほしい、と話しています」

頭を横殴りにされたような衝撃が、愛李を襲った。

梁川亜星。小柄で痩せていて、どことなく薄気味悪いところがあり、クラスでは浮いた存在だ。友達が、梁川って犯罪しそうな顔してるよね、と揶揄するのを聞いたこともある。だけど――。

愛李は舌をもつれさせながら言った。

「レイプなんてされてません。でたらめです」

刑事たちは驚かなかった。愛李が隠しごとをしていないか探るような目つきをしたあとで、女性が告げる。

「その可能性もあると考えていました。梁川くんの話にはあいまいな点が多かったので」

「はあ……でも、どうしてそんなことを」

「愛李さんに、心当たりはありませんか」

「関係あるかはわからないけど……一度だけ、梁川くんからデートに誘われたことがあります。でも、断りました。そういう相手として見られなかったから」

一ヶ月ほど前のことだった。プロ野球のチケットが手に入ったので一緒に行かないか、と教室で梁川に誘われ、愛李は面食らった。それまで梁川とは二、三度口を利いたくらいで、二人きりで出かけるような間柄ではなかったからだ。もちろんその場で断ったけれど、それから数日は周囲にひやかされて不快な思いをした。

「なるほどねえ」

女性の刑事がため息をつく。存在しない事件の捜査に駆り出され、徒労感を覚えたようだ。

「ともかく、被害がないのであれば安心しました。梁川くんには、私どものほうで厳しく

からもしばらくのあいだ、愛李は狐につままれたような心境で立ち尽くしていた。玄関先で見送って
「よろしくお願いします」
何かあったらこちらに、と名刺を残して、刑事たちは帰っていった。玄関先で見送って
指導しておきます」

翌朝、愛李が学校に着くと、教室に梁川の姿はなかった。自分の席に座ってぼんやりしていたら、横から声をかけられる。

「おはよう、愛李」

鼓動が一瞬で速くなった。クラスメイトの内海成亮の声だった。明るくて社交性に富み、サッカー部でレギュラーを務める彼に、愛李は密かに思いを寄せていた。

「内海くん、おはよう」

愛李は精一杯の笑顔を作って応じる。内海は愛李に近づくと、声を潜めた。

「聞いたぜ、愛李。梁川にレイプされたんだって？」

血の気が引いた。愛李は手を振って答える。

「それ、誤解だよ」

「隠さなくてもいいって。昨日、下校中に交番の前を通りかかった他のクラスのやつが聞

いたらしいんだ。梁川が、愛李をレイプしたって騒いでるのを。大変だったな」

目の前が真っ暗になる。すでに噂が広まっているらしい。交番は学校と最寄り駅を結ぶ道の途中にあり、放課後になれば多数の生徒が前を通る。梁川はほかの生徒に聞かせるために、あえて騒いだのかもしれない。

「あのね、内海くん。梁川くんは嘘をついていて……」

「やってもいない罪で警察に捕まろうとする人間なんていないだろ。あのな、愛李。つらいのはわかるけど、そうやってなかったことにしてしまったら、性犯罪者を野放しにすることになるんだぞ。勇気を持てよ」

内海のこの正義をはき違えた、まるで考えの足りないところも、普段は些細な悩みを吹き飛ばしてくれるようで愛李はむしろ好感を持っていた。しかし今回ばかりは、そんな彼のデリカシーのなさが恨めしい。

内海の学ランにすがりつき、愛李は声を荒らげた。

「信じて。あたし、レイプなんてされてない」

「お、おう……わかったわかった。信じるから」

内海は明らかに引いていた。愛李の手を払い、きまり悪そうに立ち去る。ふとまわりを見回せば、多くのクラスメイトが愛李に好奇と同情の入り混じった視線を向けていた。自分がとんでもない窮地に陥っていることを、愛李はこのときようやく自覚した。

「鍋島、すぐに生徒指導室まで来てくれ」

担任の男性教諭が教室に姿を現し、愛李を呼んだ。愛李は逃げるように、彼のあとに続いて教室を出た。


生徒指導室で担任から問いただされたのも、やはり梁川の件だった。愛李が性被害を受けていないことをはっきり伝えても、担任はどこか納得していない様子だった。

その日は終日、愛李は居心地の悪い思いをして過ごした。クラスの、いや校内ですれ違う誰もが自分に対して腫れ物に触るような扱いをしている気がして、愛李はひとりひとり捕まえて「レイプなんかされてない」と訴えたい衝動をこらえるので必死だった。仲のいい友達は愛李の言い分を信じると口では言ってくれたが、それもどこまでが本心か定かではなかった。

翌々日になっても、梁川は学校に来なかった。それは噂が事実である可能性を補強し、梁川は罪を犯したから登校できなくなった、という見方が優勢になっていった。

それでも愛李は耐えて登校を続けていたが、一週間が過ぎたころ、今度は妙な話を耳にした。

梁川が愛李をレイプした模様を撮影した画像が、ネットに出回っているというのだ。発信元は某ＳＮＳで、梁川を名乗る新規アカウントに突如として画像が貼られ、それが広まったとのことだった。

　愛李はただちにＳＮＳにアクセスし、問題の画像を閲覧した。全部で四枚の画像には裸の女性が写っていたものの、当然ながら愛李ではなかった。しかし画像はぶれがひどく、また後ろ姿がメインで顔がまともに写っているものは一枚もなく、唯一識別できる髪型は愛李とそっくりの黒髪のボブだった。ＳＮＳでは真偽について同じ学校の生徒のあいだで議論が交わされ、否定的な意見が多く見られたが、本物だと信じている人が一定数いることもうかがえた。

　いったいこれは何なのだろう、と愛李は思う。いじめではなく、どちらかと言えば学校のみんなは自分に優しく接してくれている。でも、実在しないレイプ事件の被害者というレッテルを貼られ、どれだけ真実を強調しても、デマを真に受けてしまっている人の思い込みは崩せない。

　デマがこんなにも恐ろしいものだということを、愛李は初めて思い知った。ある芸人が過去に起きた凄惨（せいさん）な事件の犯人と噂されて苦労した、と話しているのをネットで見かけたときも、堂々と事実を主張すればいいだけじゃないか、と軽く考えていた。とんでもなかった。火のないところに煙は立たぬ、なんてのは言葉遊びでしかない。実際には、火などなくても煙は立つのだ。

そしておよそ一ヶ月後、愛李にとどめを刺す出来事が起きた。

梁川亜星が転校してしまったのだ。実家ごと、県外に引っ越したらしい。

愛李は確信した。梁川はもともと転校が決まっており、だから今回の一件を起こしたのだ。あれは言わば、自分が意中の女性と、レイプとはいえ関係をもったという認識を広めるための自爆テロだった。愛李が自分に振り向いてくれなかったことを逆恨み（さかうら）した梁川の、学校からいなくなることを前提とした、捨て身の嫌がらせだったのだ。

梁川が学校に出てきさえすれば、レイプが虚偽であったことを本人に認めさせ、噂を収束させられると愛李は踏んでいた。しかし、それももはや不可能になってしまった。悠長（ゆうちょう）なことを言っていないで、自宅に押しかけるなど強引な手段をもっと早くに講じるべきだったと嘆（なげ）いても、後悔先に立たずだ。

まわりの生徒たちは、梁川の転校と引っ越しについても、梁川が犯罪者となったことでこの町にいづらくなったためだと解釈した。しかも、どうやら梁川の両親は離婚したらしく、それさえも梁川が家庭を崩壊に導（みちび）いた結果と見ているようだ。

けれども愛李からしてみれば、言うまでもなく、先に梁川の両親の離婚と引っ越しが決まっていたのだ。もし梁川の苗字が親の旧姓に変わっていれば、消息をたどるのは難しくなるし、この町で犯罪を起こしたという評判が彼の人生に影響を及ぼすおそれも小さくなる。

知れば知るほど、愛李は恐ろしくなった。ただ愛李を貶めるためだけに、梁川はどこまでも周到だったように思われた。

愛李はしだいに追い詰められていった。どうして架空の事件によって、自分が性犯罪被害者と見なされなければならないのか。何度否定しても、いや必死に否定すればするほどかえって、周囲は愛李に哀れみの目を向けてくる。

それだけではない。同情に混じってちらほらと、愛李をまるで傷物のように見る人がいることを、彼女は肌で感じ取っていた。この体を汚らわしいと言われているような気がするたびに、愛李は震えた――実際には、恋人ができたことすらなかったのに。

限界に達した愛李はある晩、自室に閉じこもり、一番の親友の湊真緒に電話をかけた。

彼女は学年一とも称されるほどの美少女で、小学校から仲のいい愛李にはそれが何となく誇らしい。今回の件においても、梁川とのあいだには何もないという愛李の説明を初めから信じてくれている数少ない存在だった。

「なんで誰もあたしの言うことを聞いてくれないの」

愛李が泣き言を吐くと、真緒は心底気の毒そうな声を返してくれる。

「安心して。あたしはちゃんと、わかってるから」

「うん……ありがと」

「でも、あたしから言ってもだめみたい。やっぱりみんな、愛李がレイプされたと信じ込んでる」

「どうすればいいのかな」

真緒は束の間考え込んだあとで、意外な解決策を提案してきた。

「彼氏を作っちゃうってのはどうかな」

「彼氏？」

「だってさ、レイプなんてされたら普通、男性恐怖症っていうのかな、男に近づきたくなっていってなりそうじゃない。なのにこのタイミングで彼氏を作ったら、まわりも『別に何もなかったのかな』って思うかもしれないよ」

そんな単純な話だろうか、といぶかる一方で、そういうこともあるかもしれないとも思う。愛李自身もそうだが、真緒はまだ高校生だ。ことの重大さや深刻さをどれだけ理解できているのかは疑わしいけれど、それが高校生のとらえ方として一般的とも考えられる。

「それに、こういうことって女子だけでいくら強く否定しても、男子はなかなか信じてくれないものだよ。彼氏を味方につけて、男子にはそっちから否定してもらったら、だいぶ反応変わってくると思う」

「確かに……でも、彼氏なんてそんな簡単にはできないよ」

「大丈夫だって。この際だから、コクっちゃいなよ。好きなんでしょ、成亮のこと」

愛李はその思いの丈（たけ）を、真緒には打ち明けていた。

「無理だよ、告白するようなタイミングでもないし。それに、動機が不純」

「いいじゃん、前から好きだったのは本当なんだし。かえっていい機会だよ。成亮も、愛李のこと守ってあげなきゃって思うかも」

「でも……」

「成亮、前に愛李のことかわいいって言ってたよ。がんばりなって、協力するから」

前のめりになってしまった真緒を、説（と）き伏せるのは難しい。気づいたら、愛李は口にしていた。

「わかった。告白してみる」

「おお！　応援してる」

電話を切ったあとで、もしかすると真緒は単に友達の恋愛を楽しんでいるだけなのではないか、という考えが愛李の頭をよぎったが、もはや引き返せそうになかった。

次の金曜日の放課後、愛李は真緒に頼んで、内海を校舎の裏のひとけのない場所に呼び出してもらった。

「愛李、話って何？」

内海はそわそわと周囲を気にしている。愛李の目的を察してはいるだろうが、あまりうれしそうではない。それだけで愛李は心が折れそうになったけれど、いまさら引けず一息に言い切った。

「あたし、内海くんのことが好きです。付き合ってください」

とまどいに満ちた沈黙が五秒ほど続いたあとで、内海は後頭部をかきながら返事をした。

「あー……ごめん。おれ、ほかに好きな人いるから」

愛李の胸の奥で、心がひび割れる音がした。

「そう、だよね……こっちこそ、ごめん」

いたたまれなくなって逃げ出そうとした愛李のもとに、駆け足で近づいてくる女子の姿があった。

「ちょっと、成亮！　どうして愛李のことふっちゃうのよ」

真緒である。愛李とおそろいにしたボブの黒髪を振り乱し、激怒している。

内海が不機嫌になる。「何だよ、真緒。見てたのかよ」

「当たり前でしょう、あたしが成亮を呼んだんだから。それより、何で付き合ってあげないの。前に愛李のことかわいいって言ってたじゃん」

「かわいいとは思うけど、それと付き合うかどうかは別だろ」

「愛李は優しいし、女の子らしいし、彼女にするにはもってこいじゃん。それにいま、この子はレイプされて落ち込んでるのに、勇気を振り絞って告白したんだよ。わかってんの？」

愛李は耳を疑った。真緒は愛李を信じているのではなかったのか？

内海は思わずといった感じで舌打ちをして、

「だから、それが重いっつってんだよ。レイプされた女子なんて、正直どう扱えばいいかわかんねえよ。愛李のことは本当にかわいそうだなと思ってるけど、付き合うのは無理だよ」

ひび割れるどころではなく、心を粉々に打ち砕かれて土足で踏みにじられたような心地がした。内海も結局、愛李の言葉をこれっぽっちも信じていやしなかったのだ。

いつの間にか、愛李たちを遠巻きに見つめる生徒の数が増えつつあった。ヒートアップした真緒と内海の言い争う声があたりに聞こえてしまったらしい。

見ないで。こっちを見ないで——愛李はその場にしゃがみ込んで、顔を覆うことしかできなかった。

　翌週より、愛李は学校を休むようになった。

　親友の真緒すらも愛李が性被害に遭ったことを認め、それを耳にした生徒がいた以上、もはや噂は揺るぎないものになってしまっていると思われた。登校して確かめる勇気は、愛李にはなかった。

　親には体調が優れないと嘘をつき、一週間ほど自室に引きこもって過ごした。ほとぼりが冷めるまで、という期待のもとではなく、何をする気力も失せ、ただただ現実逃避したい一心だった。

　ある考えが降って湧いたのは、机の隅に捨て置かれていた名刺が目に入ったときだった。

　初め、愛李は自身の発想にぞっとし、とんでもないことと思いとどまった。けれども時間が経つにつれ、決意は固まっていった。

――あたしはレイプされた女と学校で見られてる。もう、そのイメージを覆すことはできそうにない。どうせそんな風に思われるのなら、いっそ――。

愛李は名刺に記された電話番号を、スマートフォンに打ち込む。そして、電話口に出た相手に告げた。

「刑事さんですか？　以前、レイプ被害者として捜査を受けた、鍋島愛李です。あのときはレイプなんてされてないって言ったけど、本当はあたし、レイプされてました。ただし――」

＊＊＊＊

――最悪だ。

内海成亮は、自分の部屋で頭を抱えた。

昨日、唐突に警察の訪問を受けた。用件を訊くと、なんと自分に強姦の容疑がかかっているという。しかも被害を訴えているのは、同じクラスの鍋島愛李らしいのだ。

成亮にふられた鍋島が、彼を逆恨みして言い出したのは明白だった。警察にもその旨をはっきり伝えたら、わかってもらえたようだった。そのときは、ひとまず胸を撫で下ろした。

なのに今日、学校に行ってみると、成亮の机に落書きがされていた。「レイプ魔死ね」。周囲も明らかによそよそしいか、さもなくば成亮に敵意を向けていた。わけがわからなかったが、サッカー部の仲間がこっそり教えてくれた。

――SNSで、鍋島愛李をレイプしたのは本当は梁川亜星じゃなくて内海成亮だった、っていう書き込みが広まってる。

どうしてそんな根も葉もない噂を、みんなが信じてしまったのか理解できない。鍋島愛李をレイプしたのは、おれじゃなくて梁川亜星だろうが――。

くそ。叫びながら、両手で机を叩く。そのとき、成亮はあることを思いついた。

――こうなっては、レイプ犯の汚名を晴らすのは難しそうだ。好きなあいつとも、もはや交際は望めそうにない。だったら、だ。このまま、鍋島愛李を犯したなんて思わせておくくらいなら――。

成亮はSNSを開く。そして、書き込みを始めた。

――内海成亮がレイプしたのは、本当は鍋島愛李じゃなくて湊真緒だったらしい――。

これもひどい話。大人ならば一笑に付すことができる噂だけれど、高校生だというのが生々しい。

12　2nd week

マリッジブルー

美容院で髪を切った三十分後に、彼女は電車に轢（ひ）かれて死んだ。

「このたびは、ご愁（しゅうしょう）傷様でした」

警察署の一階にある応接スペースで、刑事は軽く頭を下げた。中年の、固太りをした、頭髪の薄くなった男性だ。野田幸浩（のだゆきひろ）と名乗った。

「亡くなられた室井友梨佳（むろいゆりか）さんとは、お付き合いをされていたそうで」

「はい。婚約していました」

僕は目を伏せて言う。向かい合って座る野田とのあいだにある、いかにも安物じみたテーブルの天板の傷が気になった。誰かがここで、暴れたことでもあったのだろうか。

故人を悼むような間があった。こういうとき、下手に口を開かないのが得策であることを心得ているのだろう。それでも僕が語り出さないのを見て、泣いている人にハンカチを差し出すように、そっと水を向けた。

「それで、お聞きになりたいこととは」

自分から警察署に足を運び、彼女の死にまつわる捜査の担当者を呼び出してもらったのだ。僕は顔を上げて言った。

「彼女は……友梨佳は、本当に自殺だったんでしょうか」

「と、言いますと」探るような目つきを向けてくる。

「知ってますよね。彼女、美容院で髪を切ったばかりだったんです」

「ええ。裏付けが取れています」

「これから自殺をしようと思う人間が、髪なんて切るでしょうか。どうしても納得がいかないんです」

同情と倦怠の混じった感情が一瞬、野田の顔に浮かんだ。

「お聞き及びかとは思いますが、室井さんは駅のホームから転落して列車に轢かれました。ホームには防犯カメラがあり、その映像に、誰かに突き飛ばされるでも、酔っ払いのようにふらつくでもなく、自分の意思でホームに飛び降りる室井さんの姿が映っていました。自殺以外では断じてありえません」

「でも、遺書は見つかってないんですよね」

「はい。スマホなどを通じて、誰かに死の理由を語った形跡もありませんでした」

「おかしいじゃないですか。自殺ならば普通は、そういったものを遺(のこ)すでしょう」

「ですから、それが髪を切った直後に亡くなったことの説明になるのではないでしょうか。髪を切るまで室井さんに死ぬ意図はなかったが、その後、衝動的に死にたくなった。あまりに突然だったので、遺書にまで気が回らなかったのです」

「その自殺の理由に、警察は見当がついているのですか」

「岡本竜樹(おかもとたつき)さん」

野田はあらたまって僕の名を呼んだ。

「大変申し上げにくいのですが、自殺であることが明白なケースにおいて、その動機まで詳(くわ)しく突き止める義務はわれわれにはないのです」

言外に、警察は忙しいから、という響きがあった。

「もちろん、ある程度の捜査はします。今回の件においても、直前まで室井さんの髪を切っていた美容師さんや室井さんのご友人など、直近で彼女と接触ないし連絡を取っていた方々にお話をうかがいました。岡本さんのもとにも、捜査員が行ったかと」

「若い刑事さんから話を聞かれました。彼女が美容院へ行く前に送ってきたＬＩＮＥのメッセージが、最後の言葉になったことを伝えました。結婚を控えた彼女に自殺の動機なんてあったとは思えない、とも」

「残念ながら、調べてもわからないことは多々あるのです。今回の件においても、室井さんが自殺したという事実が揺るがない以上、死に急ぐような何ごとかが起きたのだろう、と推察するしかありませんでした」

申し訳ありません、と頭を下げる動作の裏に、本音が見え隠れしていた。われわれは職務をまっとうした。責めるなら、何も遺さずに死んだ彼女を責めてくれ。

「もう一度だけ確認しますが、彼女の自殺の動機につながるような情報は一切得られなかったのですね」

野田は深々とうなずいた。「何一つとして」

僕はソファーから立ち上がり、警察署をあとにした。恨めしいほど強い日差しに手庇を作りながら、考える。

——どうにかして、彼女が自殺しそうな動機を見つけないと。

室井友梨佳は、近所に住む幼なじみだった。

同じ小学校にかよっていたころはそれなりに仲よく、お互いの家を行き来して遊んだりもしていた。しかし彼女が中高一貫の女子校に進学すると、思春期の気まずさも相まって疎遠になった。僕が高校を卒業したタイミングで実家ごと他県に引っ越してからは、思い出すことさえなくなっていた。

関係が変わったのはその五年後だ。会社員として働いていた僕は高校まで住んでいた県の支社に転勤が決まり、かつての級友たちと旧交を温める中で友梨佳と再会した。見ない間にぐっと垢抜けた彼女に、僕は好意を抱いた。長らく片思いをしていた女性に振られて日が浅く、寂しさを埋めたい気持ちもあった。こちらから誘って二人きりで食事に行くようになり、初めはためらっていた彼女も、やがて交際を受け入れた。

僕らは三年付き合って、三ヶ月ほど前に婚約を交わした。感情をあまり表に出さない彼女が、プロポーズした際には大粒の涙を流していた。そうして式場の下見の予約を入れるなど、結婚に向けて準備を始めた矢先の出来事だった。

幸せの絶頂にあったはずの彼女が、みずから命を絶つわけがない。そう、誰だって思うだろう。まして、彼女は髪を切ったばかりだったのだ。

僕は独自に調査することにした。納得に値するだけの、彼女の自殺の動機を求めて——そんなもの、見つかるかどうかもわからなかったけれど。

「……いまでも信じられません。友梨佳ちゃんが死んじゃったなんて」

藤浪香(ふじなみかおり)はうめくように言った。その頬(ほお)が、ひどく青ざめている。

ファストという名の美容院は駅前にあった。小ぢんまりとしていて、たった二人のスタッフで回しているようだ。プライベートサロンみたいで落ち着く、と友梨佳が話していたのを思い出す。

藤浪はファストの副店長を務めている。美容師の専門学校を卒業後、ここで働き始めて丸十五年になるという。きれいに染まった茶髪のショートカットが、活発な印象を与える女性だった。

「友梨佳ちゃんがファストへ来るようになったのは、彼女が高校生になりたてのころでした。当時、私は美容師としてようやくカットを任(まか)されるようになったばかりで、友梨佳ちゃんはほとんど初めての、私についたお客さんでした。緊張しながら最初のカットを終えたとき、彼女が仕上がりをとても気に入ってくれてほっとしたのを、いまでも憶(おぼ)えています」

藤浪がとつとつと語るのを、奥で店長らしき女性が沈痛な面持(おもも)ちのまま見守っている。いまは客がおらず、暗い話でも気兼ねなくできるのは幸いだった。

「友梨佳は藤浪さんに髪を切ってもらったわずか三十分後に、電車に飛び込んで死にました。自殺の動機につながるような話を、ここでしませんでしたか」

　僕の質問に、藤浪は力なくかぶりを振った。

「記憶にありません。いつもどおりというか、もともと私の前では元気いっぱいという感じの子ではありませんでしたけど、あの日も世間話をしたり、彼氏の――岡本さんの話を聞いたりしただけで、特に印象に残る話題は何も」

「会話の内容だけでなく、態度や振る舞いにも異変はなかった？」

「ええ。もう十年、友梨佳ちゃんの髪を切ってましたから、自殺するほど思い詰めていたのなら気づいたんじゃないかと思うんです。私の目から見て、そんなそぶりは少しもありませんでした。でも……」

　つと、彼女の声色(こわいろ)が湿り気を帯びる。

「私が気づいてあげられていたら、友梨佳ちゃんを止められたんじゃないかと思うと……」

「僕は、あなたを責めに来たわけではありません」

「ごめんなさい……つらいのは、岡本さんのほうなのに」

　藤浪は腰から下げていたタオルで目元を拭(ぬぐ)う。

「一人っ子の私にとって、友梨佳ちゃんは初めてできた妹みたいな存在でした。彼女がどれだけ私を慕ってくれていたのかはわかりませんけど……何でも相談してくれる仲だと、そう信じてました。それは、私の願望に過ぎなかったんでしょうか」

そして、藤浪は潤んだ目で僕を見つめた。

「友梨佳ちゃんの死の理由が突き止められたら、必ず私にも教えてください。このままでは、やりきれない」

「わかりました。約束します」

帰り際、店の外まで見送りに来た藤浪の体を見て、僕は訊ねた。

「おめでたですか」

「はい。いま、五ヶ月です」

藤浪は小さく膨らんだお腹をさする。

「友梨佳ちゃんに妊娠と結婚を報告できたのが、この前のことでした。私、この歳まで未婚で、子供ができたから結婚することになったものの、安定期に入るまではどちらも隠していたんです」

それから彼女は慌てたように、ごめんなさいこんなときに、と言い添える。僕の結婚がだめになったことに配慮したのだろう。

「謝っていただく必要はありません。元気なお子さんを産んでくださいね」

「はい。ありがとうございます」

そう言って控えめに微笑(ほほえ)んだのが、その日藤浪が見せた唯一の笑顔だった。


東原笑美(ひがしはらえみ)は、そう断言した。

「あたし以上に、友梨佳と仲がよかった人はいないと思います」

大通りに面したファミリーレストランの窓際の席で、僕は東原と向かい合っている。ドリンクバーで注(つ)いできたコーヒーは思ったほどまずくなかった。東原の前に置かれたカルピスソーダで満たされたグラスは、早くも汗をかき始めている。

友梨佳の口からもっとも頻繁(ひんぱん)に名前が出ていた友人が、東原だった。以前、一度だけ三人で一緒に食事をした関係で、僕は彼女の連絡先を把握していた。話が聞きたいからと呼び出すと、彼女は二つ返事でオーケーしてくれた。

清楚(せいそ)だった友梨佳と違い、東原の印象はよく言えば華やか、悪く言えば派手である。髪の毛の先をしっかりと巻き、持ち物もハイブランドだと一目でわかった。

「確認ですが、友梨佳とは中学と高校の同級生だったんですよね」

「そうです。うちは中高一貫の女子校なんで。中一のときに仲よくなって以来、関係が途切れたことはありませんでした。あの子、おとなしいからケンカとかにもならなかったし」

さばさばと語る口調の奥に、いい意味で気を遣わない間柄だったことがうかがえた。

「だから、認めたくなくて。友梨佳があたしに何も言わずに死んじゃったこと。そんなにつらい思いをしてたのなら、どうして相談してくれなかったのって」

「東原さんも、友梨佳の自殺の動機に心当たりはないんですね」

「ええ。ただ――」

東原はしばし逡巡したのち、思い切ったように言った。

「彼女、マリッジブルーだったんじゃないかと思うんです」

それは、婚約者の僕には告げづらい事実に違いない。僕は問いただした。

「具体的に、どのあたりが？」

「岡本さんと婚約したって報告してくれたときも、あたしはすっごく喜んでお祝いしたんですけど、友梨佳はそんなにうれしそうに見えなくて。ほら、友梨佳って基本的にテンション低かったから、そのときは気にならなかったけど」

あとから振り返って、マリッジブルーだったのかもしれないと思い至ったわけだ。

「でも、そのくらいで自殺するかっていうと……結婚が嫌なら、やめればいいだけだし」

ずいぶん簡単に言ってくれるが、

「一度結婚すると決めた以上、引き返せなくなってしまった可能性はあるでしょう。友梨佳はまじめだったから」

「あたしだってそれはわかってます。ただ、死ぬくらいなら、と思っただけで」

東原の主張は正しい。だが結婚にしろ、あるいは仕事にしろ学校にしろ、「やめたい」の一言が言い出せずに死を選んでしまう人もいる。

慎重に、僕は話を掘り下げる。

「マリッジブルーになる原因が、何かあったんでしょうか」

「明確なきっかけがなくても、なる人はなりますよね」

「それはそうですが……僕との結婚を躊躇する理由があった、とか」

「考えにくいと思いますけど。そもそもあの子、恋愛経験がほとんどなかったし」

僕もそのように認識していたが、付き合いの長い親友からもそう見えていたというのはまた違った意味を持つだろう。

「恋愛経験がなかった？」

「はい。岡本さんと付き合い始めるまで、あの子から恋愛相談を受けたことなんて全然ありませんでした。彼氏どころか、好きな人ができたという話さえ聞かなかった」

あまりにそういうことがないから、そばにいて心配になるほどだったという。

「だから岡本さんと付き合うことにしたって聞いたとき、あたし本当にうれしくて。やっとこの子も幸せになれるんだって。さっきの発言とは矛盾するけど、あの子にとっては、岡本さんと結婚する以外に選択肢なんてなかったと思う」

ああ、でも――と、彼女は付け足した。

「一度だけ、あったかな。確か高校二年生のときに、好きな人がいるから、ほかの人と付き合うつもりはないって言ってた」

「その、好きな人というのは？」

「教えてくれませんでした。というより、同じ学校の人じゃないから教えても意味がない、って」

友梨佳と東原がかよっていたのは女子校だ。好きになったのが学外の相手であることを、わざわざ断る必要はなさそうなものだ――ただし、相手が異性という前提なら。

「彼女は親友のあなたにも言えない秘密を抱えていた気がします」

僕が言うと、東原ははっとした。

「何ですか、秘密って」

「あくまでも推測になりますが――」

僕の話を聞いて、東原は言葉を失った。

再びファストを訪れた僕を、藤浪は快く迎え入れてくれた。

「友梨佳ちゃんの自殺の理由がわかったって、本当ですか」

気が急いて訊ねる藤浪の目を、僕は見返した。

「親友の証言によると、彼女はマリッジブルーだったそうです。僕のほかに好きな人がいたというのが、その原因だったと思われます」

「好きな人って、誰?」

「あなたです。藤浪香さん」

藤浪の顔に、失意が浮かんだ。

「彼女の死に整理をつけたい気持ちはお察ししますけど、さすがに荒唐無稽では」

「友梨佳は僕と付き合うまで、男性との交際経験がありませんでした。好きな男性がいるという話すら出なかったそうです。ただ、高二のときには好きな人がいた、と」

高校に進学した時期にファストにかよい始めた友梨佳は、言うまでもなく高二の時点で藤浪と面識があった。

「彼女は同性愛者だったから、僕以外の男性と付き合わず、親友にも好きな人を打ち明けなかったのではないでしょうか。そしてその相手とは、身近であり同性のあなただった」

思春期の少女にとって、年上の女性に憧(あこが)れるというのはままあることだ。

藤浪の顔が曇り始める。

「でも、友梨佳ちゃんがそんな気配を示したことは、ただの一度も」

「言えなかったんでしょう、同性愛だと。彼女はあなたへの思いを隠し、十年にわたって髪を切ってもらい続けた。あなたが独身だったから、あきらめがつかなかったのかもしれません。けれども成人して数年が経(た)ち、このままでいいのだろうかと思い始めた矢先に、僕と再会した。彼女は僕との交際を受け入れ、婚約にまで至った」

異性との結婚を選ぶ同性愛者は少なくないそうです、と僕は言い添える。

「しかし、彼女は迷っていた。心から愛することのできない僕と結婚してしまって、本当にいいのか。彼女は思い詰め、あなたに会いにいった。そんなことはありえないと理解しながらも、引き留めてほしかったんだと思います。でなければ、普通は挙式に向けて伸ばすはずの髪を、わざわざ切ってもらう必要がない」

「そんな……」

「けれどもよりによってその日、彼女はあなたの妊娠と結婚を知った。十年に及ぶ片思いが破れたショックは、ことのほか大きかった。このまま僕と結婚する気にもなれず、彼女は発作的に電車に飛び込んでしまった。これが、おそらくは真相です」

藤浪は下唇を噛み、うつむいている。

「納得していただかなくても結構です。あなたに会った直後に命を絶ったという事実が、何よりの証拠のように僕には思える。残酷なようですが、約束なのでお伝えしました。それに何より、命を絶つほどに身を焦がした彼女の熱情を、あなたにだけは知ってほしかった」

「私……どうすればよかったんでしょうか」

「彼女の思いを知ったところで、応えることはできなかったのでしょう。どうしようもなかったんですよ。僕にもあなたにも、ね」

打ちひしがれる藤浪を残し、ファストを出る。今日もまた、人の暗部を力ずくで暴くような日差しが恨めしかった。

通りを歩いていると、スマートフォンに電話がかかってきた。耳に当てる。

「もしもし」

「あ、竜樹？　今日、仕事早く終わっちゃった。いまから会える？」

芽衣の声だ。僕は答える。

「いいよ。いつもどおり駅待ち合わせでいいかな」

「了解、ありがとう。じゃ、あとでね」

通話が切れる。彼女の名前が表示されたままのスマートフォンの画面に、僕は目を落とした。

鈴木芽衣は、高校の同級生だ。

在学当時から、ずっと片思いをしていた。あきらめきれず、僕は就職後も彼女の住む出身県への異動願を出して、転勤が決まると彼女に交際を申し込んだが、断られた。そのすぐあとに再会したのが、友梨佳だった。

三年が経ち、僕は友梨佳との結婚を決めつつも、まだ迷いがあった。マリッジブルーは僕のほうだったのだ。思い余って久々に芽衣と連絡を取ると、彼女にもさまざまな心境の変化があったようで、今度はトントン拍子に関係が深まった。友梨佳を愛していないわけではなかったが、それでも芽衣を拒む理由はなかった。

あの日、友梨佳からいつもの美容院へ行くという連絡を受け、僕はその近くで彼女を待ち伏せた。そして、髪を切りたての彼女に、誰もいない路上で告げた。婚約を破棄したい。好きな人がいる。まさか、僕に捨てられた彼女がその直後、電車に飛び込むとは夢にも思わなかった――。

芽衣には友梨佳のことを一切知らせていない。この先も交際を続ければ、やがて結婚に至るだろう。それを考えると、僕が友梨佳を死に追いやったことは誰にも知られるわけにはいかなかった。

だから、それ以外の理由が必要だったのだ。友梨佳が命を絶つほど思い詰めていたと、周囲を納得させられるだけの理由が。

僕は関係者に話を聞いて、友梨佳が同性愛者だったという話を作り上げた。説得力は二の次でよかった。この話の重みに耐えきれず、藤浪や東原は誰かに伝えるだろう。友梨佳の自殺の理由は、じわじわと広まっていくに違いない。

いや――もしかすると僕の考えた理由こそが、真実だったのではないか。

彼女は本当に藤浪を愛していて、だから親友に婚約を報告するときですらうれしそうではなく、髪を切ったばかりで命を絶ったのではないか。

立ち止まって空の青を見上げ、僕は自分に言い聞かせる。

友梨佳が死んだのは僕のせいじゃない。僕のせいじゃない。僕のせいじゃ――。


最悪。あまりにもひどい。殺してやりたい。

Sunday

――殺してやりたい。

思わずそう書き殴(なぐ)ったわたしの、ペンを持つ指先は震えていた。

婚約者を裏切り、死に追いやった登場人物の悪意――いや、こんな物語をあえてわたしに読ませる悪意に、わたしは怒りをたぎらせていた。

最初の一週間は、たわいもない物語だと感じていた。それは各話の内容がバラエティに富んでいたことと無関係ではない。心温まる結末もあれば、バカバカしくて笑ってしまう話もあった。純粋に、わたしは物語を楽しんでいた。

ところが二週目は、とにかく後味の悪い話ばかりが続き、わたしは神経を摩耗(まもう)させられ、次の話を読むのが怖くなりさえした。あるいはこれこそが老紳士の、いやミスター・コントの狙いだったのではないか。初めに油断させておいて、途中から不快な気持ちになる物語を読ませることで、わたしに嫌がらせをしている――そのような嗜虐(しぎゃく)的な趣味が、彼(ミスター)にあったとしたらどうだろう。

みちみちそのようなことを考えながら、わたしは喫茶『南風』に赴(おもむ)いた。老紳士はいつもの席で眉(まゆ)ひとつ動かさずにわたしの感想を読むと、淡々とした口調で告げた。

「よろしいでしょう。残りの一週間もこの調子でお願いします」

「何とも思わないんですね。わたし、激しい言葉を書いたのに」

わたしは吐き捨てた。平然としている老紳士を見ていたら、無性(むしょう)に腹が立ったのだ。

老紳士は困り顔になり、

「あなたの感想を云々(うんぬん)するのは、私の役目ではありませんので」

「仕事としてではなく、人間としての話をしているんです。あなたが読ませた物語の登場人物に対して、わたしは殺意を抱(いだ)いたんですよ。怪訝(けげん)に思うとか、申し訳ないとか、何かあってもいいんじゃないですか」

「自然な感想だと感じたもので。あなたがかつて婚約者に裏切られたことを、私は存じておりましたゆえ」

絶句する。

考えてみれば、名前も住所も知っていたのだ。わたしが過去に経験したトラブルにしたって、把握していても不思議ではなかった。

そうだ。わたしは婚約者の浮気が原因で婚約を一方的に破棄され、何もかもを失った。だから電車に身を投じた登場人物の気持ちがよくわかる。わかるからこそ、ここにはないもうひとつの自分の人生を読んでいるようで、苦しかった。

「……いい加減、教えてください。ミスター・コントとはいったい何者なのです。どうしてわたしに、このような嫌がらせをするのですか」

「嫌がらせとはめっそうもない。ミスター・コントはあなたに、最上の仕事を提供したいという意向のもとで、物語と報酬を用意しております」

「どこが最上なんですか。こんなの、狂ってる」

「では、おやめになりますか」

老紳士の試すような眼差(まなざ)しに、わたしはぐっと言葉に詰まった。

「ここでおやめになった場合、残りの九十六万円はお支払いいたしかねますが」

「わたしは別に、お金が欲しいわけじゃ」

「じゃあ、何のために？」

あらためて問われると、よくわからなくなった。何のために、わたしはこの仕事を引き受けたのだろう。ミスター・コントの意図が気になったからか。それもあるが――。

「……先延ばしに、したくなったから」

「何を？」

問いただされて、われに返った。わたしの唇からこぼれたのは、他人に聞かせるつもりのない言葉だった。

「何でもありません。とにかくお金のためではないこと、それだけは確かです」

「だから、ここでやめてしまっても悔いはない。そうおっしゃりたいのですね」

わたしはその確認をかわした。

「最後まで仕事を果たせば、事情をすべてお話しいただけるのですよね」

「ええ。二言はありません」

お金なんてもらったって何の意味もないと、誰よりも自分がよくわかっている。だが、わたしにも人並みに好奇心というものがある。たとえ不快になったとしても、しょせんは物語に過ぎず、現実の出来事とは比べるべくもない。それよりもこの酔狂な仕事の目的が、やはりわたしはどうしても気になるのだった。

「次は、土曜日でしたよね」

わたしが言うと、老紳士は柔和に微笑んだ。

「はい。お時間はいつがよろしいですか」

「いつでも。今日と同じ十五時で大丈夫です」

「では、そのように」

喫茶店を出て帰宅する。まっすぐに机へ向かい、写真立てを手に取った。

わたしのもとを去った颯太。婚約まで交わしていたのに。ずっと二人で一緒に生きていけることを、わたしは信じてやまなかった。

――この仕事が終わったら、すぐにでも颯太に会いにいこう。

再会の場面を想像して、わたしは久しぶりに笑みをこぼした。

13 / 3rd week

いじめロボット

　住宅街の細い路地を、大荷物を抱えた小学生の男の子が歩いている。

　今朝、緑川ユカリは夫と大ゲンカをした。原因は家事の手抜かりを責められたからで、いつもなら適当に謝って受け流すところだが、今朝に限って虫の居所が悪く、売り言葉に買い言葉となってしまった。家事の大部分を担当する自分がいなくなって困ればいい、まだ小学二年生の息子の面倒だって見られるもんなら見てみろ──そんな気持ちで家を飛び出したユカリの足は、無意識に最寄り駅へと向かっていた。

　電光掲示板に表示された超高速リニアの行き先をながめて、そういえば、と思い出した。ここからリニアで一時間ほど移動した先に、およそ三百年前の日本の町並みが残る景観保護地区があり、かねて行ってみたいと思っていたのだ。子供が小さいうちはと我慢していたが、この機会に行ってみるのもいい。ユカリはリニアに乗り込み、その町を目指した。

景観保護地区は風情(ふぜい)があり、ユカリのささくれだった心をなぐさめてくれた。すっかり満喫(まんきつ)した午後、それでもまだ帰宅する気にはなれず、ユカリはあてもなく近くの住宅街を歩いていた——そんなとき、男の子を見かけたのである。

電子化により紙の教材が廃止され、小学生がほとんど身一つで登校するようになったのはもう百年以上も昔の話だ。それでも稀(まれ)には、水泳の授業で使う水着や図工の時間に作ったものを持ち帰る際に荷物になることを、ユカリは自身や息子の例によって知っていた。だが、それにしても目の前の男児の荷物は多すぎる。あたりを見回すと、五十メートルほど先でほかの男児が三人、乱暴な言葉を投げつけながら荷物を抱えた男児を急(せ)かしていた。

——ははあ、この子はいじめられているのだな。

とユカリは思う。いじめが根絶できないことは、もはや常識として日本国民に浸透(しんとう)している。大人として、また自身の経験にも照らして、見捨ててはおけなかった。

「きみ、大丈夫?」

ユカリが声をかけると、男児は振り返り、強がった。「大丈夫です」

その、涙を溜めた目を見て、はっとした。

似ているどころの話ではない。本人としか思えなかったのだ——三十年前、自分をいじめから救ってくれた代わりに、いじめられるようになってしまった男の子に。

西暦二三〇〇年、日本の教育を司る文部科学省のとある発表が、ショッキングなニュースとして全世界に伝わった。

最新のスーパーコンピュータを使ってシミュレーションを何万回も繰り返した結果、すべての学校現場におけるいじめを根絶することは不可能という結論が出た——というのである。

実際、数百年にわたってさまざまな取り組みがおこなわれてきたにもかかわらず、学校からいじめがなくなることはなかった。いじめの厳罰化や監視の強化、スクールカウンセラーの配置など一定の効果を上げた取り組みは少なからずあり、報告されたいじめの件数が有意に減少していた時代もあったが、直近の百年ほどは下げ止まりどころかむしろ微増傾向にあり、文部科学省はなぜ手を拱いているのかといった批判にさらされていた。

その批判に対して開き直ったかのごとき先の発表は、当然ながら議論を巻き起こした。

文部科学省の言い分としては、いじめをなくせるという理想論を振りかざすよりも、いじめが起きる前提で対策を講じていくほうが現実的であり、これからも最善を尽くす意向に変わりはないとのことだったが、額面どおり受け取った国民は少なく、文部科学省はいじめ問題について匙を投げたのだ、という見方が支配的だった。

当時小学二年生だったユカリもまた、そんな報道を冷ややかに見ていた一人だった。

彼女はクラスでいじめを受けていた。

きっかけは些細なことだった。ある冬の休日、一人の女子から遊びに誘われたものの、気が進まなかったので、体調が悪いから行けないと嘘をついた。その後、母親と一緒に買い物に出かけたら、その女子とばったり出くわしてしまった。嘘をついて誘いを断ったことはすぐに広まり、その女子を含むグループからの嫌がらせが始まったのを皮切りに、ほかのクラスメイトからも無視されたり、持ちものを壊されたり、突き飛ばされたりといった被害を受けた。

そうした日々が一ヶ月ほど続いただろうか。まだ日が浅いこともあり、クラスの担任もいじめを把握しきれておらず、被害が激化するのを恐れてユカリは誰にも相談できずにいた。親に知られたくなくて学校を休むことも敵わず、その日も教室で数名の女子から暴言を浴びせられていると、一人の男子が近づいてきて言った。

「あの、やめたほうがいいんじゃないかな。緑川さん、かわいそうだよ」

いじめに加担しない児童からもずっと見て見ぬふりをされてきたから、止めに入る人がいたことにユカリはまず驚いた。そして、相手を見て二度びっくりした。

その男子、中畑ケイゴは小柄で細身、気弱な子という印象が強く、とてもいじめを止めるだけの勇気を持っているようには見えなかったからだ。

「あんたには関係ないでしょう。あっち行っててよ」

いじめっ子がケイゴに突っかかる。それでも彼は引かなかった。

「こんなこと、よくないと思う。もう、やめてあげて」

声は震えていていかにも頼りなかったが、それでもケイゴはきっぱりと伝えた。いじめっ子たちは鼻白んだ様子で、「行こう」と声を掛け合ってユカリのもとを去っていった。

目の前で起きたことが信じられず、ユカリはあぜんとしていた。それでも、ケイゴがどこかへ行こうとしたとき、その背中にかろうじて声をかけた。

「ありがとう」

ケイゴは振り返ると、泣き笑いのような顔になって言った。

「ううん。これまでずっと、助けてあげられなくてごめん」

決して強くたくましい出で立ちではなかったが、それでもその日、ケイゴはユカリにとってヒーローだった。

けれども子供は残酷な生き物で、翌日からいじめの標的はケイゴに移ってしまった。ユカリは解放されたことでほっとしたのも束の間、自分を助けたせいでケイゴがいじめられているのを見て、強烈な後ろめたさに襲われた。彼を助けなければ、と思いはするものの、いじめられていた記憶が恐怖となってのしかかり、動けない。結局、ユカリはほかのクラスメイトが自分に対してしたのと同様、見て見ぬふりをすることしかできなかった。

ケイゴはその後も気丈に登校を続け、しかし三月が来て二年生が終わると同時に転校してしまった。いじめが原因なのか、たまたまそのタイミングで親の転勤などが決まったのか、ユカリは知らない。その後はクラス替えの影響もあり、ユカリへのいじめが再燃することはなかった。平穏な日々のありがたみを噛みしめながらも、ユカリはケイゴを助けられず、最後まで謝罪もできなかったことを、三十年にわたって心のどこかで引きずり続けてきた。

目の前のいじめられっ子は、どう見てもあのときの中畑ケイゴだった。

そんなはずがないと、頭ではわかっていた。あれからもう、三十年も経つのだ。ユカリの目尻に皺が増え、お腹のまわりには脂肪がつき、夫婦別姓を選択したから名前は変わっていないけれど結婚し、地元を離れて、愛する息子を授かったように、ケイゴだって歳を取ったに違いないのだ。

なのに男の子は記憶と寸分違(たが)わぬ顔、声、背格好のまま、いじめられっ子という立場さえ当時と変わらず、ユカリの前に存在していた。

大人が出現して焦(あせ)ったのか、いじめっ子たちが彼のもとへ引き返してくる。そして、ひったくるように荷物を手にすると、ケイゴに似た男の子の腕を引っ張った。

「ほら、いくぞ」

ユカリは男の子のあとをつけた。

いじめっ子たちとは少し先の角で別れ、男の子は一人、うつむきがちに歩いている。尾行に気づく様子はない。やがて、ある一軒家の前で体の向きを変え、門を開けて家の中へ入っていった。

ユカリは門の手前で立ち止まる。表札には、〈中畑〉の文字があった。

やっぱりだ、と思う。やっぱり彼は、中畑ケイゴなのだ。

「――うちに、何か用ですか」

立ち尽くしていたら、横から突然声をかけられた。びくりとして振り向くと、一人の男性が立っていた。

丸々と太っていて、口髭(くちひげ)を生(は)やし、髪には白髪(しらが)も目立つ。自分より少し歳上だろうか、とユカリは見当をつける。白衣を着ていて、研究者然とした雰囲気をまとっていた。

「あの……こちら、中畑ケイゴくんのお宅ですか」

何から話せばいいかわからず、ユカリはひとまず質問して時間を稼ぐ。男性は答えた。

「そうですが。どちらさまでしょう」

「こんな話、信じてもらえないと思いますけど……私いま、一人旅の最中というか、そのような状況でして。そしたらさっき、ケイゴくんを路上で見かけて。それが、三十年前とまったく変わらない姿だったから混乱しちゃって」

男性が眉をひそめる。怪しまれるのは当然だ。ユカリは一から説明することにした。

「三十年前、私は小学校でいじめを受けていました。それを止めてくれたのが、中畑ケイゴくんでした。彼は私の代わりにいじめられるようになり、間もなく転校してしまい……ずっと、悔やんでたんです。彼を救えなかったこと、謝罪すらできなかったこと。ところが今日、目の前にケイゴくんが現れて。見た目も声も、いじめられていることまで当時と同じでした。私、わけがわからなくて、あとをつけてしまったんです」

男性の顔色が変わった。頭を抱え、深いため息をつく。

「そうか、こういうこともあるのか……まあ、仕方がないな」

そして男性は門をくぐり、ユカリを手招きした。

「ついてきてください。外では話せない内容になりますから」

男性に招き入れられたのは、先ほど男の子が入っていった母屋(おもや)ではなく、そのそばの白いドーム型の離れだった。

一歩足を踏み入れて、ユカリは目を瞠(みは)った。そこには、人間そっくりのロボットやそのパーツなどが乱雑に転がっていたからだ。中央には手術台のようなものがあり、そこにも女性型のロボットが一体、寝かされている。

「うちは代々、人型ロボットの開発や修理、メンテナンスを家業としてましてね。ここはいわゆるラボです」

男性が語る。

ＡＩを搭載した人型のロボットが暮らしの中に溶け込んで久しい。もはや普通の人間と見分けがつかないレベルのロボットたちが、危険な労働に従事したり、受付業務など人間に取って代われる仕事に就(つ)いていたりすることはユカリも知っていた。

「文部科学省が、いじめの根絶は不可能だと発表したことは覚えていますね」

「はい……」

「一部では、文部科学省はいじめ対策をあきらめたと噂(うわさ)されるが、そうではない。実は、ある画期的な方法によっていじめ被害を最小限にとどめようとしたのです」

「画期的な方法?」

「いじめ被害集積用ロボット、通称いじめロボットの普及です」

聞き慣れない単語に、ユカリは顔をしかめた。「何です、それ」

「簡単に言えば、いじめられることに特化したロボットを、日本全国すべての教育現場に派遣したんですよ。人数やいじめの状況、また潜在的危険性に応じて各クラスから学年に一体程度、いじめ被害に遭うためだけに存在するロボットを行き渡らせたんです」

文部科学省が例の発表をする数年前に始まったプログラムです、と男性は言う。ユカリはまだ要領を得なかった。

「どういうメリットがあるんですか」

「どんなに気をつけていても、いじめは起きるところでは起きてしまう。そこで、被害に遭う子供をなくすべく、代わりにロボットがいじめられるようにした、ということです。いじめをする子供は何らかのストレスや鬱憤を抱えている。それを、ロボットをいじめることで発散できる。ほかの子供は、ロボットが犠牲になることでいじめに遭わずに済む。現実に即した、理想的なプログラムです」

「私は人間なのにいじめられました」

「だからすぐ、ロボットが身代わりになってくれたでしょう。中畑ケイゴは、わが中畑一族が作ったロボットです」

「そんなの嘘。中畑くんが、ロボットだったなんて……」

「あれは性能のいいロボットですから、いまでも現役で稼働しています。性能とはこの場合、いじめが起きそうな、もしくは現に起きている空気をいち早く察知して、そのいじめを自分に誘導させる能力を意味します。いじめ被害に遭った児童のサンプルを集め、どのような言動を取ればいじめの標的になりやすいか研究を重ね、そのデータを反映させたAIを組み込んであるのです」

とうてい信じられる話ではない。ユカリは声を荒らげた。

「からかわないでください。そんなプログラム、聞いたことない」

「この事実は、文部科学省と教育現場に携(たずさ)わる人間、それにロボット関連企業の関係者だけが知るトップシークレットですからね。あまねく知れ渡ってしまうと、効力を発揮しなくなりますから」

「どういうこと？」

「子供たちは、相手を人間だと思っているからいじめるんです。初めから好きなだけいじめてもいいロボットとして配置されたら、きっと見向きもせずに別の子供をターゲットにするでしょう。それでは意味がない。だからこのプログラムは、絶対に一般人に知られるわけにはいかないのです」

「でも、ロボットだからいじめていいなんて……」

「道義的な観点からは、まだ結論が出ているとは言いがたい。ただ現実として、文部科学省がこのプログラムを開始して以降、いじめに関する相談件数やいじめが原因と見られる不登校の子供の数は激減しています。一定の成果を挙げているという、このうえない証拠です」

「だけど、いじめは直接の被害に遭っていない子供の心にも傷を残します。私も被害に遭った記憶とは別に、中畑くんを救えなかった、見て見ぬふりをしてしまった後ろめたさを抱えて生きてきました」

「だからこそ、あなたはその後の人生で、誰かをいじめようとは思わなかったでしょう」

ユカリは愕然(がくぜん)とした。「まさか、それすらも歓迎すべき反応だと？」

「いじめが起きないに越したことはない。われわれだってそう思います。しかしながら、それでもいじめは起きる。そうなったとき、目撃者は必ず今後の人生においてどう振る舞うかを考える。それもまた、その人にとっては大事な成長の機会なのです」

「そうかもしれないけど……」

「理想論を掲(かか)げ、臭いものに蓋(ふた)をするばかりでは、根本的解決には至りません。人類の長い歴史の中で繰り返されてきたいじめという悪しき行為に、誰もがきちんと向き合う必要がある。ただし特定の子供がその犠牲になるべきいわれはないから、われわれは被害者だけをなくしたのです」

　そんなのおかしい。何かが間違っている。そう思いながらも、ユカリは感情論だと自覚してもいた。自分が一度聞いただけで覚えた反発など、関係者はとうに承知のうえで、長い時間をかけて熟考し、議論を交わしてきたはずなのだ。それでも、彼らはこのプログラムが現状では最善手という結論に至った。

「……中畑くんは転校していきました。あれも、プログラムのうちなんですか」

「ロボットは歳を取りませんからね。同じロボットがひとところに在籍できるのはせいぜい二年です」

　ユカリは思い返してみる。言われてみれば、中学や高校でも短期間で転校していった同級生がいた気がする。では、あれがいじめロボットだったのだろうか。

「しかるべき時期が来ると、ロボットははるか遠くの地に飛ばされますから、よほどのことが起きない限りこの仕組みに気づく人はいません。今回、あなたが三十年も前のいじめられっ子のことを克明に憶えていたのは、われわれにとっては想定外の事態でした」

「だから、すべて話してくれたんですね」

「触れ回られたり、嗅ぎ回られたりするほうが厄介ですからね。このことは、どうかご内密に願いたい」

「言われなくてもそうします。人に話したってどうせ、妄言だと思われるのが関の山ですから」

ユカリは家に帰ろうと思った。何だか無性に、息子に会いたくなっていた。息子の世話を夫に押しつけるのをまるで仕返しのように認識していたことを、母親として恥じた。

「ケイゴに会っていかれますか」

男性は言ったが、ユカリはかぶりを振った。

「やめておきます。つらくなってしまいそうなので」

「そうですか。でも、忘れないでください」

「何を？」

男性の眼差しは、真剣だった。

「中畑ケイゴがいじめを受けたことに、あなたが責任を感じる必要はない。あれはいじめられるためのロボットだった。そして責められるべきは、言うまでもなく加害者のほうです。あなたは何も悪くないのだから、今後は決して後ろめたいなんて思わないでください」

「……わかりました」

気がつくと、ユカリは涙を一粒こぼしていた。三十年間の重荷から、ようやく解放された瞬間だった。

ラボを出て駅へ向かい、リニアに乗り込んだころには、すべてが白昼夢だったような気がしていた。何事もなかったかのように帰宅して夕食の準備を始めたところに、いじめられていたころの自分と同じ小学二年生の息子が帰ってくる。

ユカリはふと思いついて訊ねた。

「あなたのクラスに、いじめはある？」

息子はちょっと首をかしげて、元気いっぱいに答えた。

「ないよ！　みんな仲よし」

ユカリは微笑む。いじめロボットの出番が一度もないまま、平和に過ごすクラスもきっと多いのだ。たとえ理想論であっても、それが当たり前になって、いじめロボットなんて要らなくなればいい。息子の屈託のない笑顔を見つめながら、ユカリは強く願った。

＊＊＊＊＊

「……ケイタ、おまえいじめられてるのか」

中畑ケイゴが声をかけると、息子のケイタは顔をくしゃっとゆがめた。

「わかんない。でも、今日はみんなの荷物を持たされた」

いつ見ても、子供のころの自分に瓜二つだ。彼女が——緑川ユカリが勘違いしたのも無理はない。その後の自分はロボットの研究に没頭しすぎ、運動不足で太って白髪も増え、子供のころの面影はすっかりなくなってしまったが。

ケイゴは息子の肩に手を置いた。

「ごめんな、お父さん気づいてやれなくて。絶対におまえを助けるから、許してほしい」

「お父さん、いじめを止められるの」

「もちろんさ」

「どうやって？」

「そうだな。まずは、いじめをやめてほしいって相手にはっきり伝える。昔もそうやって、女の子を助けたんだ」

「それなら安心だね」

ケイタが笑う。この笑顔を守るためなら何でもできる、とケイゴは思う。

「実はな、お父さん、さっきその女の子としゃべってたんだよ」

「何しゃべってたの」

「いじめを止めたお父さんが代わりにいじめられるようになったことを、彼女はずっと気にしてたみたいなんだ。もう、三十年も経つのにね。だから、気にしなくていいよって言ってあげた」

いじめロボットなんて口から出まかせだ。もっとも、自身がロボット開発に勤しんでいるからこそ、それに近い空想をしたことはあった。

三十年ぶりに再会した偶然には驚いたが、ユカリは自分の正体に気がついていなかった。一人旅と言っていたから、おそらく二度と会うことはないだろう。それなら名乗り出て彼女を許すより、はじめから被害者なんていなかったことにしたほうが、彼女を楽にしてあげられると思ったのだ。

「お父さん、その人のこと恨んでないの」

「ああ。恨んでないよ」

「どうして。その人のせいで、お父さんがいじめられたんでしょ」

「それは違う。彼女は何も悪くないし、助けたのは自分の意思だ。代わりにいじめられるのは怖くなかった。どうせ、転校することになってたから」

それにな、と付け加える。

「お父さんは、どうしてもその女の子を助けたかったんだ」

「何で?」

心から不思議そうにしているケイタの頭を撫で、ケイゴは照れ隠しの微笑とともに言った。

「初恋ってやつだ——その子のことが、お父さんは大好きだったんだよ」

14 ／ 3rd week

外出自粛の恋人

二〇二〇年四月七日、新型コロナウイルスの国内感染者数増加にともない、東京都を含む全国七都府県に緊急事態宣言が発令された。市民は不要不急の外出の自粛を強く要請され、家族以外の誰とも会わずに過ごすことを余儀なくされた。

リアルでの人との接触が減ったぶん、インターネットを通じて映像通話のできるアプリを使ったコミュニケーション、いわゆるオンライン飲み会やオンラインデートは急増した。これは、そのような状況下で交際を続ける、一組のカップルの記録である。

「……これでいいのかな」

「おーい。やっほー」

「あっ。私、映ってる？」

「映ってるよ。声も聞こえてる。そっちはどう？」

「大丈夫。よかった、使ったことないアプリだから、設定とかよくわかんなくて」

「僕も初めて使うけど、シンプルで使い勝手がいいと評判らしい。お酒、持ってきた？」

「これこれ。缶チューハイ」

「いいね。僕はまずビール。じゃあ、乾杯！」

「乾杯！　あー、こんなときでもお酒はおいしい」

「はは。それにしても、とうとう緊急事態宣言が出たね」

「ねー。うちの会社、完全在宅ワークになった。出社したら怒られるんだって」

「うちも似たようなもんだよ。まあでも、出勤しなくてよくなって助かったよね。医療や小売りや宅配その他、出勤せざるを得ない人たちには申し訳ないけど……」

「わかるけど、私たちが悪いわけじゃないから。悪いのは、ウイルス」

「それもそうだね。とにかく、今日からは堂々と自宅に引きこもらせてもらうよ。昨日までは、仕事でしばしば外出してたし……ウイルスの潜伏期間は最大で二週間だそうだから、少なくともこれから二週間は、誰にも会わずに過ごそうと思う」

「私もそうしよう。でも、退屈だろうな。在宅ワークといっても、私の職種は家でできる仕事なんてたかが知れてるし」

「普段は会社なんて行かずに家でだらだらしてたいって思ってるけど、いざ許されると二、三日で飽きそうだね」

「そうだよー。私、もう悩んでるもん。明日から何をして過ごすか」

「せっかくなら、こういうときにしかできないことをやりたいね」

「海外ドラマ一気見とか？」

「悪くはないけど……もっと有意義に時間を使えないかな」

「そう言われてもなあ。私、これといって趣味もないし」

「この機会に新しい趣味を見つけるのはどう？」

「だって、何かを始めるにしても家から出られないし、道具を買うにも商業施設は閉まってるし、誰かに教わることもできないんだよ。本当は英会話を習いたかったんだけど、いま始めてもね、って感じだし」

「確かになあ」

「そう言うあなたは何をするつもりなの」

「僕は、前から取ろうと思っていた仕事関係の資格の勉強をしてみようと思うよ。まとまった時間が取れることなんてそうそうないから」

「資格の勉強かあ……。まじめに取り組めるなら、それが一番有意義かもね」

「と言っても、自宅での勉強に身が入るかどうかは自分でも疑問だけどね」

「まあ、この状況はまだまだ長引きそうだし、ゆっくりやっていけばいいよ。応援してる」

「ありがとう。そっちも、何か楽しみが見つかるといいね」

「うん。いろいろやってみるよ」


「もしもーし」

「おっす。今日もお疲れー」

「疲れるようなこと、何もしてないけどね」

「じっとしてるのも、それはそれで疲れるから。で、今日は何飲むの」

「レモンサワーにしてみた。普段に輪をかけて運動しないから、糖類ゼロのお酒」

「僕はコロナの影響で販促イベントがなくなって、日本国内のワイナリーが困っていると聞いたから、通販で購入してみたよ。甲州（こうしゅう）の白ワイン」

「あ、おいしそう。ラベルもかわいいね」

「そうなんだよ。じゃあ、乾杯」

「乾杯。緊急事態宣言が出てから、今日で二週間かー」

「どうだった？　この二週間」

「一日が長いよ。このごろはもう、どうやって過ごすか考えるのも苦痛」

「僕は逆に、二週間がすごく早く感じられたな。新しい刺激がないからかもしれない」

「と言うと？」

「旅行のとき、行きは長く感じたのに、帰りはあっという間だったという経験はない？　あれは、行きは知らない道を通るのに対して、帰りは一度通った道だからだという説がある。要するに、人間は新しいことを経験しているときは時間を長く感じて、単調な繰り返しになると短く感じるらしいんだ」

「へえー」

「年齢を重ねるごとに一年を短く感じるようになるのは、これが原因とも言われている。普通は歳を取れば取るほど、新しい経験というのは少なくなるものだからね」

「ふうん……でも、私にとってはやっぱり長かったよ、この二週間は。私たち、付き合い始めてから二週間も会わないなんて初めてだよね」

「だいたい週末ごとに会ってたもんな」

「会えないことが、こんなにつらいとは思わなかった。いつになったら会えるんだろう

「……」

「いまのところはまだ、明るい材料はないね」

「ねえ、私たちもう二週間、家でおとなしく過ごしたよね？　それで発症してないんだから、私たちは新型コロナにかからずに済んでるってことだよね」

「そう考えていいと思う。僕ら、運がよかったよ」

「じゃあさ、二人きりでおうちで会うくらいなら、大丈夫なんじゃないかな」

「いや、だめだ。そういう気の緩み（ゆる）が、感染を広めてしまうんだ」

「だけど、私の家とあなたの家は、歩いたって片道四十分しかかからない。電車やバスを使うよりは、はるかに安全に会えるよ」

「だとしても、だ。不要不急の外出であることに変わりはない」

「そうだけど……」

「みんなつらいけど、我慢してるんだ。僕たちも、いまは耐えよう」

「うん……わかった。でも、寂しいよ」

「僕もだよ。毎日、会いたいと思ってる」

「それが聞けただけでもよかった」

「がんばろう。きっと、もう少しの辛抱（しんぼう）だ」

「会えなくても、ちゃんと私のこと好きでいてね」

「バカだな。当たり前だよ」


「今日は、お酒は？」

「要らない。ひとりで飲むの、もう飽きた」

「そうか。じゃあ、僕も今日はやめとこうかな」

「いいよ。遠慮しないで」

「僕だけ飲んでも、楽しくないから」

「そっか……なんか、ごめん」

「気にするなって。本当のこと言うと、酔うと会いたくなっちゃうんだ」

「……ねえ、私たち、まだ会っちゃいけないの？　もう、会えないまま一ヶ月が経ったよ」

「今日も、国内の新規感染者数は減っていなかったからね。収束に向かっているとは言いがたい。緊急事態宣言も、今月いっぱい延長されることになったしね」

「でも、歩いて会いにいくくらいならいいじゃない。私もあなたもひとり暮らしで、家族にうつされたり、反対にうつしたりする心配もないでしょう」

「検査を受けてないから判明しないだけで、無症状の感染者も相当数いると聞く。それに外出自粛と言っても、僕はスーパーやコンビニで最低限の買い物をしてる。そういったお店でウイルスをもらってしまった可能性もないとは言いきれない。いま互いにうつしてしまったら、せっかくここまで会うのを我慢してきたことが水の泡だ」

「………」

「僕、考えたんだよ。いま僕たちが会わないでいるのは、好きな人を守るためなんだって。これもまた、愛情表現のひとつなんだ」

「好きだから会わない、ってこと？」

「そうだ。たとえば相手が大事な試験の前だとか、仕事で忙しいときには会うのを控えるべきだろう。今回のことだって同じだ。世の中には、そういう愛情表現の形もある」

「あなたの言ってることは、正しいと思う。でも……正しすぎて、よくわからなくなるよ」

「何が？」

「本当に、会いたいと思ってくれてる？　何だか、私に会いたくないって言ってるように聞こえる」

「そんなことないって」

「本当は、会えないあいだに気持ちが冷めたのを、理論武装でごまかそうとしてるだけなんじゃないの」

「……それ、本気で言ってるのか」

「私だって、こんなこと考えたくないよ。でもあなたからは、会えない寂しさやつらさみたいなものがこれっぽっちも伝わってこない」

「それは、寂しいなんて口にしたところでどうにもならないから……」

「それでも、一緒に寂しがってほしいときもあるの」

「僕が悪いのか？　二人でこの災難を乗り越えるために、会えなくても自分を納得させられる理由を一所懸命考えたのに」

「私は会えない理由が欲しいんじゃない。会っちゃいけないことなんて、言われなくてもわかってる。わがままを言ったところで、あなたを困らせるだけだってことも。でもさ、だからって、私の会いたいって気持ちを、びくともしない正論で撥ね返さなくたっていいじゃない。あなたが正しすぎるから、私は寄りかかることもできない」

「百歩譲って、僕の態度に問題があったんだとしても、きみへの気持ちを疑われたのは、はっきり言って傷ついた」

「あなたの正しさだって、私を傷つけてる」

「もういい。今夜は終わりにしよう。お互い、頭を冷やす必要がありそうだ」

「そうだね。それがよさそう」

「……このあいだはごめん。言いすぎた」

「いや……僕のほうこそ、きみの気持ちを理解しようとしていなかった。ごめん」

「…………」

「……」

「やっぱり、まだ会えない？」

「緊急事態宣言は続いているからね。そこは、譲れない」

「好きだから、会わないの？」

「ああ。好きだから、きみにうつしたくはないから、会わない」

「私、この前のことで、いくらか冷静になったの。ひょっとして、会えないあいだに気持ちが離れたのは、あなたじゃなくて私のほうだったんじゃないかって」

「えっ――」

「自信がなくなったの。会いたいっていう気持ちを否定されたときに、この人とこれからもうまくやっていけるんだろうかって、不安になった」

「ちょっと待てってって。僕が会うのを拒み続けたから、意固地になってるんだろう」

「あなたのほうこそ、好きだから会わないなんて理屈をこしらえて、自分の本当の気持ちに向き合うことを放棄してるだけなんじゃないの。人の感情は、理屈のあとについてくるようなものではないんだよ」

「違う。僕はちゃんと、きみのことが好きだってわかってる。本当の気持ちから目を背けているのは、きみのほうじゃないのか」

「だってもう見えないよ、本当の気持ちなんて！　会って確かめることもできないで、それもいつまで続くのかもはっきりしないこんな状況で……もう、何もわかんないよ……」

「落ち着けって。誰にも会えず、できることもほとんどなく、家から出られすらしない毎日で、精神的に参ってるんだよ。それは仕方ないさ」

「…………」

「とにかく、いまはゆっくり寝たほうがいい。続きはまた今度にしよう」

「優しくされたら、よけいにつらいよ……私、最低だって自覚してる」

「きみが悪いんじゃないから。きみ自身が、前に言ってたろう。全部、ウイルスが悪いんだ」

「今日は資格の勉強に集中できたよ。過去問を解いてみたんだけど、合格ラインに届いてたからうれしかったな」

「…………」

「そっちは何をして過ごした？」

「…………」

「なあ、何か話そうよ。せっかくつないだんだから」

「話すこと、何もない」

「まあわかるけどさ、もうずっと同じ一日の繰り返しだから。そうだ、ウイルスの流行が収まったら、どこか旅行にでも行きたいな。いまのうちに計画立てておこうよ」

「いい。どうせ、いつになるかわからない」

「それはそうだけど……少しは気がまぎれるかもしれないだろ」

「行けないと思ったら、かえってつらくなる」

「そうか。じゃあ、何を話す？」

「…………」

「…………」

「…………」

「わかった、もう切るよ。無理やり付き合わせてごめん」

「…………」

「また、連絡するから。おやすみ」

「……おやすみなさい」


「もしもし？」

「ごめん、こんな夜中に。迷惑じゃなかった？」

「大丈夫だけど……映像、映ってないよ。どうしたの」

「ちょっとね。体調はどう？」

「体温は毎日測ってるけど、今日も平熱だった。ほかの症状もないよ」

「よかった、僕もだ。でね、実は今日、大事な話があって連絡したんだ」

「何、大事な話って……もしかして、別れ話？」

「もう、会えなくなって一ヶ月半以上経つだろう。きみとの関係がだんだんうまくいかなくなって、僕もいろいろ考えたんだ。自分の気持ちについて、とか」

「うん……それで？」

「はっきり言うよ。もう、好きじゃないのかもしれない」

「……そっか」

「僕はもう、きみのことを好きじゃなくなってしまったのかもしれない。ずっと会わずに付き合い続けることに、限界を感じてたみたいだ」

「そうだね……わかるよ」

「泣いてるの？」

「だって、こんなの悲しいよ。先に気持ちがわからなくなったって言ったのは私だから、あなたのことは責められない。けどさ、ウイルスさえなければ私たち、きっといまでも前と変わらず仲よく付き合っていられた。なのに、ウイルスなんかのせいで関係が壊れてしまうなんて……」

「きみにはまだ、僕と付き合い続けたいという思いがあるのかな」

「あるよ。ふられるまでわからない私が悪いんだけど、別れたくなんてないよ。私、やっぱりあなたのことが好き」

「そうか……」

「ごめんなさい。勝手なことばかり言って」

「ううん、いいんだ。きみの本当の気持ちが聞けてよかった」

「………」

「いつまでも泣いていないで、顔を上げてくれないかな」

「いい。顔ぐちゃぐちゃだから、見られたくない」

「そんなこと言わずにさ。泣かれると、こっちもつらい」

「……わかった。元はと言えば自分で招いたことだから、私が泣くのはずるいよね」

「さあ、顔を上げて」

「うん……あれ？　いつの間に映像、映ってたの」

「きみが顔を伏せているあいだに、カメラをオンにしたんだ」

「ねえ、いまどこにいるの？　背景がいつものあなたの部屋と違うけど、見覚えが——あっ！」


女性は立ち上がり、自宅の玄関へと駆け出した。

ドアノブに飛びついて鍵を開け、勢いよくドアを押す。

「……どうして。好きだから会わない、って言ってたのに」

玄関の前に、彼女の恋人が立っていた。

ここまで歩いてきたのか、こめかみに汗を浮かべた彼は、はにかむように微笑んで言う。

「好きだと会えないのであれば、好きじゃなくなったということにしたっていい。それでも、きみに会いたかったんだ」

「……じゃあ、私も好きじゃない。あなたのことなんか、全然好きじゃない。だから、会うよ」

「ずっと一緒にいよう。もう二度と、会えなくなることのないように」

「それって――」

恋人はマスクの内側で咳払い(せきばらい)をして、言った。

「結婚しよう。家族になって、一緒に暮らそう」

女性は恋人の胸に飛び込む。久しぶりに感じる体温が、彼女の凍りかけた心を溶かしていく。

新型コロナウイルスの新規感染者数の減少にともない、緊急事態宣言が解除された日の午前零(れい)時四十分のことだった。

愛する人に会いにいくお話。彼女がうらやましい。颯太に会いたい。

15 / 3rd week

ぼくの夏休み

聞こえるのは、波の音だけ。

ぼくは砂浜で体育座りをして、休むことなく動き続ける波を見ている。とてもしずかだ。本当は波がざあざあと鳴っていて、ちっともしずかじゃないんだけれど、聞こえているのに聞こえていないような、そんな感覚なんだ。

ふりかえれば、ぼくにとっての夏の思い出は決まってここの風景だった。毎年、四十日もある夏休みの中で、ほかにもたくさんのことを体験してきたはずなのに、なぜだか思い浮かんでくるのはこの港町で過ごす一週間の出来事ばかりだった。

ぼくの隣には、いつも平嶋沙也（ひらしまさや）がいた。ぼくが顔を向けると、ちょっとふしぎそうに首をかしげて、そのあとでにっこり笑ってくれた。

だけど今年、平嶋沙也という名前の女の子はもういない。

そのことを思うと、ぼくは少しだけ胸が苦しくなるんだ。


ぼくは東京生まれ東京育ちというやつで、海や山じゃなくてビルに囲まれた街でずっと暮らしている。

でも、お父さんはそうじゃなかったらしい。東京からはるか遠く、鹿児島県にある港町で生まれ育って、若いときに仕事の関係で東京に出てきたきり、いまでもいついてるんだとか。

お父さんは東京でお母さんと出会って、ケッコンして、ぼくが生まれた。でも、お母さんは生まれつき体がとても弱くて、ぼくが三歳になる前に病気で死んじゃった。ぼくは、お母さんのことはほとんど何も覚えていない。お仏だんに写真があるから顔は知っているけれど、それを見たってなつかしいような感じはしない。

物心ついたときから、ぼくはお父さんと二人で暮らしてきた。はたらきながら、ぼくのめんどうも見て、お父さんはいつも大変そうだった。一度、親せきがお父さんに言っているのを聞いたことがある。地元に帰ってご両親を頼ったら、って。でも、お父さんは首を横に振っていた。仕事があるから、簡単には東京をはなれられないんだって。それに、短いあいだでも家族三人で暮らした東京を去るのは、お母さんのことを忘れようとしているみたいでイヤなんだって。

　だからお父さんがゆっくり休めるのは、年に一度、おぼんの時期に、一週間の休みを取って鹿児島のおじいちゃんちに行くときだけだった。そのときは、おばあちゃんがごはんを用意してくれたり、洗たくをしてくれたりするから、お父さんは仕事も家事もしなくて済むんだ。いつも忙しそうにしているお父さんが、そのときだけは昼まで寝たりしてぐうたら過ごしてるのを見るのが、ぼくはきらいじゃなかった。

　それでもぼくがいまよりもっと小さいころは、おじいちゃんちから出かけるときはたいてい、お父さんかおじいちゃんがついてきた。あぶないから、ってことだったらしい。だけどぼくが小学生にもなると、だんだん遊びに付き合うのも体力的にしんどくなってきたみたいで、いちいちついてこようとはしなくなった。

　その代わりに、だったんだと思う。小学一年生の夏、おばあちゃんがぼくに言ったんだ。

「おとなりに、あなたと同い年の女の子がいるから、一緒に遊んでおいで」

　となりの家に女の子がいることは、何となく知っていた。でも、その子とは話したこともなかった。家の前を通ると、中から声が聞こえてきて、ああ、いるんだなって思ったことがあったくらいで、ほとんど気にしてもいなかった。

ひとりで行くのははずかしかったから、おばあちゃんといっしょにとなりの家に行って、ピンポンを押した。玄関前に立つぼくの両肩に、おばあちゃんが後ろから手を置いた。すると玄関が開いて、向こうもお母さんにつきそわれるようにして、ちょこんと顔をのぞかせたんだ。

「はじめまして。皆川幹人(みながわみきと)です」

ぼくはカチコチになりながら名乗った。かみの毛を二つ結びにした女の子は、あごを引いてちょっとはにかむと、かわいらしい声で、まるで学校で自己紹介するみたいにゆっくり言った。

「幹人くん、こんにちは。平嶋沙也です。よろしくね」

それが、沙也との出会いだった。


人見知りをしたのは初めだけで、沙也とはすぐに仲よくなった。

ぼくは、女の遊びなんてつまらないんじゃないかと思ってたけど、沙也は女っぽい遊びがあんまり好きじゃないみたいだった。砂浜を歩いて貝を拾ったり、海で泳いだり、道具を借りて釣りをしたりするのは楽しかった。東京ではできない遊びばかりで、ぼくはすぐに沙也と遊ぶのに夢中になった。

　鹿児島にいるあいだはほとんど毎日、十八時の夕やけ小やけのチャイムを聞くまで沙也と過ごした。あるとき、ぼくは気になってこんなことを聞いた。

「ぼくとばかり遊んでいていいの。学校にも、友だちがいるんだろ」

　その日はテイボウから釣り糸を垂らして、サビキ釣りをしているところだった。アジの群れがなかなか回ってこなくて、一匹も釣れずヒマだったのだ。

　沙也は釣りざおを上下に動かしながら、こっちを見もせずに答えた。

「いるよ、友だち。でも、家遠いから」

「同じ小学校なのに？」

「うちの小学校、ひと学年に十人くらいしかいないんだよ。それが、広い校区の中でバラバラに住んでるの」

　ひと学年に十人と聞いて、ぼくはびっくりした。ぼくがかよっている東京の小学校には、百人以上いたから。

「そんなに少ないんだ。言われてみれば、この町ではぼくたちみたいな子どもをほとんど見かけない気がする」

「そうなの。うちの町、カソだから」

「人が減ってるってこと。住んでるの、お年寄りばっかだし」

大人たちがしょっちゅうカソだカソだって言ってるの、と沙也は説明してくれた。さびしそうな、でも何もかもあきらめてるみたいな、何だか子どもっぽくない横顔だった。

その日の夜、ぼくは家に帰っておじいちゃんに、この町はカソなの、と聞いてみた。おじいちゃんは苦笑いしながら、まだカソというほどじゃないけど、この町の人たちはカソだってジチョウするんだ、と教えてくれた。ジチョウという言葉の意味も、当時のぼくにはよくわからなかった。

一週間はあっという間に過ぎた。東京に帰る日、駅まで送ってくれるというおじいちゃんの車に乗り込んだとき、見送りに来た沙也が手を振るのを見て、ちょっとだけ泣きそうになった。でも、東京に戻って夏休みが終わるころには、ぼくは沙也のことを思い出さなくなっていた。そのときはまだ、ほんの何日か友だちだっただけだから、仕方ないと思う。東京の友だちに、女と二人で遊んでたなんて知られたくなかったから、夏休みの宿題の絵日記にも沙也のことは書かなかった。鹿児島で沙也と過ごした時間は、まるで夢の中の出来事みたいに、ぼんやりとした思い出に変わっていった。

二年生の夏も、ぼくは鹿児島へ行った。駅から乗ったタクシーがおじいちゃんちの前にとまったとき、となりの家の門に「平嶋」と書かれた表札があるのを見て、ぼくはやっと沙也のことを思い出した。

思い出したら、会いたくなった。次の日の朝、さっそくおとなりに行ってピンポンを押すと、沙也のお母さんが出てきて、よく来たね、と言って笑った。

沙也は一年前と同じようにはにかんでいた。背が伸びたのは、ぼくも同じだった。ぼくが遊ぼうと言うと、沙也はいいよって答えて、二人で海に行った。ぼくたちは砂浜に座って、会えなかったこの一年間の出来事を話し合った。お昼にごはんを食べに帰って、そのあとでまた沙也と海に行った。帰るころには、日差しに当たりすぎてちょっと頭が痛くなった。お風呂に入ると、日焼けした腕にお湯がしみてヒリヒリした。

その年もぼくたちはずっと一緒にいて、前の年と同じように遊んだ。やっぱり沙也と遊ぶのは、東京でするどんな遊びよりも楽しかった。一週間が過ぎて帰る日、ぼくは一年生のときよりもっと泣きそうになった。沙也とバイバイするのが、さびしくてたまらなかった。東京に戻ってからも夏休みは続いたし、友だちと遊ぶのは楽しかったけど、ぼくはときどき沙也のことを思い出していた。絵日記にも、沙也のことを書いた。ぼくの友だちは、女子と遊んでいたことをひやかしたりはせず、鹿児島での遊びを知ってうらやましそうにしていた。

三年生の夏は、鹿児島にいるあいだに台風が来て、沙也と遊べる日が少なくなった。台風が過ぎ去ったあとの、葉っぱやゴミで散らかった海辺を、ぼくらは歩いた。沙也が、幹人くんって台風みたいだね、と言った。なんで、と聞くと、夏にやってきてわたしの毎日を楽しくしてまたすぐどっか行っちゃうから、と答えた。ぼくは、台風なんて楽しくないだろ、と返したけど、沙也の言いたいことは何となくわかった。ぼくにとっては、沙也のほうこそ台風だったから。沙也と一緒にいる日だけが、いつもの生活とまったくちがって見えたんだ。

東京では何のかわりばえもしない毎日で、クラスの子たちはあいつがあの子を好きなんじゃないか、みたいなことをよくうわさしてたけど、ぼくはクラスの女子なんかちっとも好きじゃなかった。子どもなのに大人ぶっていたり、女っぽい遊びばかりしていたりする女子たちは、ぼくからはすごく退屈に見えた。そしてそう感じるとき、ぼくは決まって沙也のことを思い出し、次の夏が待ち遠しくなるのだった。

四年生の夏、沙也はほんのちょっと元気がなさそうに見えた。どうしたのって聞いても、どうもしてないよって答えが返ってきた。おじいちゃんちに帰ってから、沙也がおとなしいんだ、とお父さんに相談してみると、お父さんはシシュンキなんだろう、と言った。女の子のほうが、たいてい男より早く大人になっちゃうらしい。ぼくは、沙也はもういままでのような遊びをしたくないのかな、と思った。だとしたら、すごくざんねんだった。でも、沙也はその年、最後までぼくの遊びに付き合ってくれた。めずらしい貝を拾ったときや、大きな魚が釣れたとき、沙也がうれしそうにしていると、ぼくは心からほっとした。


五年生の夏、沙也は前の年よりもっと元気がなかった。もう、海水浴や魚釣りにさそってもぜんぜん乗ってこなくて、仕方なくぼくは沙也と砂浜に座ってずっと話をしていた。

「ねえ沙也、どうしたの。何だか、ずいぶん変わっちゃったみたい」

東京へ帰る前の日、ぼくは思いきって沙也に聞いてみた。このまま帰っちゃいけない気がしたから。

沙也はちょっとこっちを見てから、かかえたひざの上にあごをのせた。

「どうもしてないよ」

「うそだよ。ずっと元気ないし、遊ぼうともしないじゃん。シシュンキだから、ぼくと遊ぶのがイヤになっちゃったの？」

沙也はあわてて首を横に振った。

「そんなことない。わたし、幹人くんと一緒にいるの、好きだもん。今年だって、会えるの楽しみにしてた」

「じゃあ、どうして――」

言いかけて、ぼくはだまってしまった。

沙也が、泣いていたからだ。

「うちね、親がリコンするの」

沙也の言葉の意味を、ぼくは半分くらいしか理解できなかった。リコンというのが、夫婦じゃなくなることだというのは知っていたけど、それがどのくらい重要なことなのかはよくわかっていなかった。

「去年くらいから、お母さんとお父さんの仲が悪くなって。お父さん、お酒をすごく飲むようになったの。外で飲んで帰ってきて、酔っぱらってお母さんやわたしをときどきぶったりもした。それで、お母さんががまんしきれなくなって、リコンするって言い出して」

ぼくは前の年の夏、沙也の元気がなくなっているように感じたことを思い出した。あれは両親の仲が悪くなったせいだったようだ。

「ずっと話し合ってたけど、結局お父さんはお酒をやめなくて、仲直りもできなくて。この夏のうちにリコンして、わたしはお母さんと暮らすの」

「そんなに落ち込まなくても大丈夫だよ。ぼくだってお母さんいないけど、さびしくないよ」

　ぼくはなぐさめるつもりでそう言ったけど、沙也は苦しそうにしていた。

「お父さんと会えなくなるのは別にいい。少しは悲しいけど、お酒飲んでランボウになるお父さん、きらいだったから」

「じゃあ、何がイヤなの」

「わたし、この町を出ていくの。お母さんと一緒に、福岡のおばあちゃんちに住むんだ」

　福岡のおばあちゃんというのは、沙也のお母さんのお母さんのことらしい。

　少し遅れて、ぼくはその言葉が意味するところを知った。

「それじゃ、ぼくたち……」

　沙也はこくんとうなずいた。

「会えるのは、今年で最後。来年からは、幹人くんがこの町に来ても、わたしはもういない」

　目の前が真っ暗になるような感覚だった。現実を受け入れたくなくて、ぼくは言う。

「ぼくみたいに、夏のこの時期だけ、遊びに来ることはできないの。お父さん、いまの家に住み続けるんでしょう」

「無理だと思う。お母さん、お父さんと本当に仲が悪くて。わたしがお父さんとちょっと会うくらいなら許してくれるだろうけど、お泊まりまではさせてくれないよ」

ぼくたちはしばらく、口もきかずにじっとしていた。海から吹いてくる風が目にしみて、油断すると泣いてしまいそうだった。

こうすれば何かが変わる、と考えたわけじゃなかった。それでも、何もしなければ何も変わらないのは確かだった。ぼくは勇気をふりしぼって、口を開いた。

「ぼく、沙也のことが――」

そしたら沙也が、となりから手を伸ばしてぼくの口をふさいだ。

「言っちゃだめ。二度と会えないのにそんなこと言われたら、もっと悲しくなる」

沙也は、ぼくが何を言おうとしたのかわかっているみたいだった。それだけじゃない。沙也もたぶん、ぼくと同じ気持ちだったのだ。だからこそ、言葉にしたらますますつらくなると思ったんだろう。

「わかった。いまは言わない」

沙也の手を口から外して、ぼくは言った。沙也は、自分が言わせなかったくせに、ざんねんそうに手でひざを抱え直した。

「でも、ぼくは信じてる。きっとまた、沙也に会えるときが来るって」

ぼくはそう続けた。あてもないし、本当は信じてるのかどうか自分でもよくわからなかった。それでも、言わなきゃいけないような気がしたんだ。

「だから、またここに、この砂浜に沙也と来られたときには、今度こそさっきの続きを言うよ」

沙也はおどろいたような顔をしたあとで、にっこり笑った。

「うん。楽しみにしてる」

ぼくが平嶋沙也と会ったのは、その日が最後だった。


——そして。

秋、冬、春と季節が過ぎて、また夏がやってきた。

お父さんは今年も一週間の休みを取った。飛行機と電車を乗りついで、鹿児島の港町へと向かう。おじいちゃんちに着いて、おじいちゃんとおばあちゃんにあいさつをしてから、ぼくはいつもの砂浜へと向かった。

体育座りをして、海をながめる。波の音を聞く。

それから、となりを向いた。

今年はもう、平嶋沙也はいない。

平嶋沙也という名前の女の子は、ここにはいない。

代わりに、皆川沙也がいる。

ぼくと目が合うと、沙也ははにかみながら笑った。

ぼくたちは、知らなかった。ぼくたちが二人で遊んでいるあいだに、ぼくのお父さんと沙也のお母さんも仲よくなっていたことを。沙也のお父さんのことで、沙也のお母さんがぼくのお父さんにいろいろ相談していたことを。そして沙也のお父さんとリコンしたあとで、沙也のお母さんが、ぼくのお父さんとお付き合いを始めたことを。

その事実を知らされたのは、今年の春ごろのことだった。お父さんはキンチョーしながら、沙也ちゃんのお母さんとのケッコンを考えているんだ、と言った。ぼくはものすごくびっくりしたけど、それはいいね、と返した。だって、ぼくのお母さんが死んでもう十年くらい経(た)ってるんだから、お父さんだって別の人と幸せになっていいはずだ。それに、何てったって相手は沙也のお母さんだからね。沙也のお母さんがやさしい人なのはわかってたし、沙也にまた会えると思ったら、反対する理由なんてなかった。

沙也のお母さんはリコンしたばかりだったから、お父さんよりもっとキンチョーしたらしい。でも、沙也もぼくと同じ反応だった。むしろそれぞれの子どもから急(せ)かされて、二人は子どもの気持ちが変わらないうちにと思ったのか、すぐにケッコンした。それで、東京で一緒に暮らすことになって、そのときになってやっと、ぼくは苗字の変わった沙也と再会したんだ。

今年の夏、鹿児島にはぼくとお父さんと沙也の三人で行くことになった。お母さん――もう、沙也だけのお母さんじゃない――は、沙也のお父さんと会うのが気まずいからと言って、ついてこなかった。ただお母さんは、沙也はぼくのおばあちゃんちに泊まるわけだから、鹿児島へ行くぶんにはかまわないと言ってくれた。

そうしてぼくたちは鹿児島に着き、ぼくと沙也は砂浜に座っている。

沙也が言った。

「去年の続き、聞かせてくれるんでしょう」

毎日家で顔を合わせるのに、ちっともその話題に触れてこないから、てっきり忘れたんだと思っていた。でも、沙也はちゃんとおぼえていたらしい。

約束は、守らないといけない。ぼくは深く息を吸って、言った。

「ぼく、沙也のことが好きなんだ」

沙也のことを思うと――これからも家族として一緒に暮らしていけることを思うと、やっぱり胸がきゅっとしぼられたみたいに苦しくなる。

沙也は、ぼくの手を取った。

「これからも、よろしくね」

その手から、ぬくもりが伝わってくる。沙也はこっちを向いて、ずっとにこにこしている。

照れるね。

運命によって結ばれた二人の子供のお話。颯太に会いたい。

16 3rd week

金婚式の夜

「……五十年かあ。本当に長い時間よね」

娘の和恵（かずえ）が、ダイニングテーブルにひじをついて言う。美代子（みよこ）は向かいで微笑（ほほえ）んだ。

「過ぎてみるとあっという間よ」

「そうかなあ。うちがまだ、結婚して二十年だもん。半分にも満たないって考えると、想像を絶するよ。五十年も、正俊（まさとし）さんと一緒にいられるかどうか」

「そんなこと言って、あなたたち仲よさそうじゃないの」

「ま、そうなんだけどさ。夫婦にはいろいろあるのよ……って、大先輩の母さんに言うことじゃないか」

和恵が笑うと、子供のころの面影（おもかげ）がにじむ。この子もいつの間にか歳（とし）をとった、と美代子はひそかに感慨にふけった。

美代子が二十六歳のときに夫の和男と結婚して、今月で五十周年を迎えた。今日は二人の子、娘の和恵と息子の美憲に金婚式の席を設けてもらった。ミシュランガイドで一つ星を獲得しているという赤坂の料亭に行き、料理と酒に舌鼓を打ち、食事代とは別にお祝いとして旅行券をもらった。和恵とその夫の正俊、さらには美憲の一家に囲まれ、美代子にとって幸せな一日となった。

夕方に始まった会が夜に終わると、都内に住む美憲の家族は自宅に帰っていった。一方、神戸在住の和恵は、正俊とともに調布の実家、美代子と和男が二人で暮らす家に泊まることになっていた。

いま、和男は一番風呂に入っている。帰宅してからも少し酒を飲み、顔を赤くしていたのが心配だったが、どんなに酔って帰っても風呂に入りたがるのが習性だった。美代子と和恵はダイニングで雑談、三宮のトラットリアでシェフとして勤めている義理の息子の正俊は気を遣って疲れたのか、二階の娘夫婦が寝る部屋に引っ込んでいる。

「それで、五十年連れ添ってみて、率直にどうだったの」

和恵が身を乗り出す。彼女ももう五十歳近いが、母親の前では子供のようになる。

「幸せだったわよ。二人の子供も、まっとうに育ってくれて」

「そういうのはいいから。お父さんのこと、どう思ってるか訊いてるの」

和男が入浴しているいましか訊けないからだろう、娘はじれったそうだ。

美代子はちょっと考えてから答えた。

「そりゃあ腹が立つことや悲しいこともたくさんあったけど、おおむねいい夫だったわ。まあ、あてが外れたなと思う部分もあるにはあったわね」

「たとえば？」

「そうね……あの人、まじめで仕事一辺倒だったから。たまには海外旅行にでも連れていってくれたら、なんて期待してたけど、そういうのは全然なかったでしょう。たまにせがんでも、まとまった休みが取れないから、って」

美代子は寿退社したのち、ずっと専業主婦として暮らしてきた。家事には手を抜かなかった自負がある一方、夫の稼ぎだけで生活できることには感謝していた。とはいえ、刺激の少ない日常にときおり退屈することもあった。

「あてが外れたってことは、お父さん、結婚前はああじゃなかったの？」

「話したこと、あったでしょう。出会ったころは、海外を飛び回る商社マンだったのよ」

「ああ、聞いた気もする……それで、お母さんの職場に来たのがそもそもの出会いなんだっけ」

「そう。だからお付き合いを始めた当初は、この人ならいろんな国に連れていってくれるかも、なんて期待してたんだけどねえ。結局、私はこの歳まで日本を出ないままだったわ」

「それを知ってるから、旅行券を贈ったのよ。お父さんもお母さんも、まだまだ体は動くんだから」

「どうかしらねえ。お父さんはともかく、いまさら初めての海外なんて、私にはちょっとハードルが高いわ」

美代子が苦笑していると、階段のほうから足音が聞こえてきた。正俊である。

「二人で何の話してるの？」

「いろいろ。お母さんと出会ったころのお父さんの話とか」

和恵が答える。正俊が和恵の隣の椅子に腰を下ろした。

「僕も聞きたいです。金婚式を迎えたおしどり夫婦が、どのような運命的な出会いを果たしたのか」

飲食店勤務という職業柄か、正俊は社交に長けている。義理の息子に話すことでもないとは思いつつ、こんな夜くらいはいいかしら、と美代子は口を開いた。

「あれは、私がまだ二十四歳のころでした――」

当時、美代子は東京都内の銀行に勤めており、窓口業務を担当していた。高度経済成長により日本に活気があった一九七一年のことである。

あるとき美代子と同世代と思しきスーツ姿の男性が、銀行を訪れた。窓口に立つ美代子に、彼は告げた。

「日本円からニュージーランドドルへの両替をお願いします」

ニュージーランドはわずか四年前に、通貨がニュージーランドポンドからニュージーランドドルに切り替わったばかりだった。海外渡航の行き先として、ニュージーランドが現在ほどメジャーではなかった時代である。

男性とは最低限のやりとりしか交わさなかったが、両替する通貨のめずらしさから美代子の印象に残った。美代子は日本を出たことがなかったので、ニュージーランドへ行くのであろう男性のことをうらやましく思った。

翌月も、男性は美代子の勤める銀行を訪れた。その日もたまたま、美代子が男性に応対することになった。

男性は、今度は日本円をフランスの通貨に両替したいと言う。二度めなのに何も訊かないのはかえって不自然かと思い、美代子はフラン紙幣を男性に渡しがてら、話を振ってみた。

「フランスへは、お仕事ですか」

男性は爽やかな笑みを浮かべて返した。

「はい。先月のニュージーランドもそうでした」

「ご職業をお訊きしても？」

「商社で外国産ワインを扱っています。現地まで買い付けにいかなければならなくて。おかげで月に半分は海外という生活ですよ」

前年の二月にワインの輸入が自由化され、その直後に開催された大阪万博によってヨーロッパの食文化が紹介されたのを機に、当時の日本では第一次ワインブームの兆しが見えていた。男性は、そんなワインの輸入にいち早く手をつけた商社の社員なのだという。

「まあ、ワイン。私、赤玉ポートワインくらいしか飲んだことないわ」

「本場のワインを飲むと感動しますよ。日本のものとはまったく別のお酒ですから。間違いなく、これから多くの日本人がワインを日常的に飲むようになります。外国と同じように、ね」

そして男性は、黒革のカバンから一枚のカードを取り出し、美代子に差し出した。

「僕が勤めている会社の名刺です。よかったら、本場のワインが飲める店にお連れしますよ。裏に僕の電話番号を記（しる）してあるので、気軽にご連絡ください」

では、と言い残して颯爽（さっそう）と去っていく男性を、美代子はぽかんとして見送った。

——あらやだ、これって口説（くど）かれてるのかしら。

名刺の右側に聞いたことのない商社の名前と肩書が、そして中央には、のちの夫となる和男の名前が記されていた。

まんざら興味がないわけではなかったが、それでも美代子のほうから和男に連絡を取ることはなかった。

しかし翌月も、和男は外貨両替にやってきた。そのときになると、彼は窓口に美代子を指名して呼び出した。行員は勤務中、制服の胸元に名札をつけているので、それで美代子の名前を憶（おぼ）えたらしい。

次はイタリアに行くのだという和男は、なおも美代子を食事に誘った。

「銀座（ぎんざ）に良質のワインを出すレストランがあるんです。よかったら、ご一緒しませんか」

そのときは玉虫色の返事をした美代子もさらに翌月、四度めとなる両替の際の誘いにはついに根負けして、和男と食事をした。初めて飲む外国のワインの味は何だかよくわからなかったが、楽しい話を聞かせてくれながらも端々（はしばし）に高揚（こうよう）と緊張がうかがえる和男の人柄に、美代子は好感を持った。

それからは月に二回、両替と会食を通じて和男と会う日々が続いた。スペイン、カリフォルニア、再びフランス。日本と海外を行き来する多忙な日々の息抜きと称して、和男は美代子に会いたがった。そしてある晩の会食後、彼は人通りの少ない路地で突然立ち止まると、寄り添う美代子に意を決した表情で告げた。

「美代子さん。僕と、結婚を前提にお付き合いしてください」

和男の気持ちが、美代子はうれしかった。好意がなければ、何度も二人きりで会ったりしない。

けれども美代子は、少しのためらいのあとで、このように答えていた。

「……ごめんなさい」

あぜんとする和男。「どうして」

「私、和男さんのこと好きです。でも、あなたと結婚することを想像すると、海外を飛び回る生活は私にはきっと耐えられない。かと言って、日本であなたの帰りを待ち続けるのもつらい。私、寂しがり屋なんですもの」

和男はうつむき、足元にぽとりと落とすような調子でつぶやいた。

「わかりました」

楽しい時間も、今日でおしまいなんだわ。胸が痛む美代子に、しかし和男は思わぬことを言った。

「一ヶ月、待ってもらえますか。どうしても、僕はあなたのことをあきらめきれない」

「あきらめきれないって……どうするおつもりなんです？」

「考えがあります。一ヶ月経（た）っても、状況が何も変わらなかったら、そのときは潔（いさぎよ）く身を引きます。だから、少しだけ待っていてほしい」

思い詰めた様子の和男の哀願に、美代子は黙ってうなずくしかなかった。

一ヶ月後、二人で訪れた洋食のレストランで、和男は開口一番に切り出した。

「会社を辞（や）めました」

美代子が絶句したと見るや、和男は急いで言葉を継ぐ。

「実は、印刷会社に勤める知り合いから、うちで働かないかと誘われていたんです。前の仕事にはやりがいを感じていましたが、僕自身、あんな生活をずっと続けていけるのか疑問だったので、いい機会だと思って転職しました」

「でも、そんな急に……大丈夫だったんですか」

「ええ、まあ。正直に言うと、強引に辞めたせいで、前の会社とはケンカ別れみたいになっちゃいました。同僚たちからは絶縁宣言されましてね。悪いのは僕ですから、合わせる顔がありません」

「ごめんなさい。私がわがままを言ったばかりに」

たまらず美代子は謝った。和男は手を振る。

「とんでもない。これは、あくまでも僕の意思なので。転職してでも、美代子さんのそばにいたかったんです」

それほどまでに、この人は私との将来を真剣に考えてくれている。そう思うと、美代子の心は温かくなった。

「どうでしょう。僕と、お付き合いしてくださいますか」

あらためて交際を申し込んだ和男に、美代子はにこりと微笑んだ。

「はい。喜んで」

和男も笑う。美代子の目尻には、いままで経験したことのない種類の涙がにじんでいた。

「……それから二年付き合って、お父さんと結婚したのよ」

当時を懐かしみながら、美代子は語る。

「けれど印刷会社の仕事も結局、長続きしなくてね。紹介してくれた知り合いの顔に泥を塗ったとかで、そっちの同僚とも結婚式にも呼べないくらい疎遠(そえん)になってしまったわ。その次が、和恵も知ってのとおり、定年まで勤め上げた新聞社。記者の仕事は性(しょう)に合ったみたいで、それでやっと私たちは結婚できたんだけど、とにかく激務でね。海外に行く暇なんて全然なかったというわけなのよ」

定年後も和男は新聞社勤務の経験を生かしてさまざまな仕事を請け負い、それなりに忙しくしていた。すっかり落ち着いたのはここ数年のことである。国内の温泉宿に泊まるなど、ささやかな旅行をすることはあっても、海外へ行こうという話は夫婦どちらの口からも出なかった。

「……ちょっといいですか」

そのとき、黙って耳を傾けていた正俊が口を開いた。

「何かしら」

「お義母(かあ)さん、お義父(とう)さんのパスポートって見たことありますか」

質問の意図が読めない美代子は困惑気味に、

「結婚したころに見かけたことがあったような気はするけど……期限が切れてからは、もう何年も取り直していないはずだから」

「中までは見なかった、ってことですね」

「そうね。手に取りはしなかったわ」

「では、お義父さんが海外を飛び回っていたころの写真は見せてもらいましたか。あるいは、現地のお土産をもらったなどということが?」

「ニュージーランドの写真は見せてもらったわ。でも、あくまで仕事だからって、それ以降は写真を撮ろうともしなかったわね。商社の辞め方がよくなかったそうよ。言われてみれば、お土産をもらったこともなかったわね。商社の辞め方がよくなかったせいで、お父さんにとっては嫌な記憶になってしまったようだったから、私も遠慮して当時の話題にはなるべく触れないようにしてきたわ。話を振ると、不機嫌になるの」

正俊は風呂場のほうを一瞥する。そして、和男がまだ入浴中であることを確かめると
——決まって長風呂なのだ——思い切ったように告げた。

「ご本人が隠したがっていることを暴くのは、出すぎた真似と承知の上ですが……お義母さんは、お義父さんに騙されているかもしれません」

美代子は眉をひそめる。「どういうこと?」

「お義父さん、初めにニュージーランドへ行かれたんですよね。写真も見せてもらった、と」

「ええ」

「僕も職業柄、ワインについてはそれなりに見識があるつもりですが……ニュージーランドのワインは現在、代名詞ともいうべきぶどうの品種であるソーヴィニヨン・ブランの白ワインを中心とし、世界的に人気があります。ですが、近代的なワイン醸造が始まったのはミュラー・トゥルガウ種の栽培が奨励(しょうれい)された一九七三年のことで、それ以前にもワインの生産自体はおこなわれていたものの、生産量は少なく、海外へはほとんど輸出されていなかったはずなんです」

美代子は記憶をたどる。まだ外国のワインが目新しかった時代、和男に紹介されてさまざまなワインを飲んだが、その中にニュージーランド産のものはなかった。

「もっとも、ニュージーランド産の酒精強化ワインが国産ワインの原料として日本に輸入されていたという話を聞いたことはあります。しかし、本場のワインは国産の甘口ワインとは別物だと語るお義父さんの口ぶりだと、そういったものの輸入を手がけていたとも思えない。したがって、お義父さんは仕事ではなく、プライベートでニュージーランドを訪れたに過ぎなかったのではないかと考えられます」

「あの人が嘘(うそ)をついていたというの？」

「はい。もっと言えば、毎月仕事で海外に行っていたというのも、ワインを扱う商社に勤めていたというのも全部、嘘ではないかと」

夫を悪く言われた気がして、美代子の頬(ほお)は引きつった。

「でも私、あの人の名刺を見たのよ。そこにはちゃんと商社の社名が入っていたわ」

「実在する企業かどうか、調べましたか？　あるいは、本当にその商社にお義父さんが勤めているか確認しましたか。インターネットもない時代に、容易ではなかったと思いますが」

そんなことは思いもよらなかった。銀行員という立場を利用すれば難しくはなかったはずだが、美代子は和男を信用しきっていた。

「あの名刺が偽物だったっていうの？」

「お義父さんは印刷会社にお勤めだったんですよね。なら、名刺の偽造くらいはわけもなかったでしょう」

「まさか、印刷会社に転職したというのも……」

「出会った当初から、そちらにお勤めだったのではないかと思います。お義母さんとお付き合いするために転職するしかなかったというのはその実、ご本人にとっては願ってもない展開だった」

印刷会社の同僚らと話す機会があれば、そんな嘘は遅かれ早かれ露見するはずだった。

しかし和男は、美代子と交際を開始して間もなく印刷会社を辞めている。疎遠になり、結婚式にも招待しなかったので、和男のかつての同僚とのあいだに接点はなかった。

正俊の言うことをどこまで真に受けていいかわからず、美代子はため息をついた。

「でも……どうしてあの人は、そんな大がかりな嘘を？」

すると、正俊はにっこり笑った。

「決まってるじゃないですか。お義母さんに会いたい一心ですよ」

「私に……？」

「お義父さんはニュージーランドドルへの両替のために訪れた銀行で、応対してくれたお義母さんに一目惚れしたのでしょう。また会うためには、外貨両替を申し込むのが手っ取り早い。とは言え、海外旅行ばかりしている男だと見られるのも具合が悪い。現代ならまだしも、当時は大変な浪費家に見えたでしょうからね。そこでお義父さんは一計を案じ、ブームが到来しつつあったワインに目をつけたのです」

仕事で海外を飛び回る人が現在よりもはるかにめずらしかった時代だ。その特殊な環境を美代子に信じ込ませるための道具として、ワインは有用だった。外国産のワインはまだ輸入が自由化されたばかりで、詳しい人が少なく、このようなでっち上げをしても矛盾を指摘されるリスクが低かったからだ。

「お義父さんはそれ以前からワインが好きだったのかもしれませんし、もしかするとお義母さんに会うために一から勉強したのかもしれません。確かなのは、そこまでするほどお義母さんに惚れ込んでいたということです。嘘をついて近づいたと知られるのが怖かったから、これまでひた隠しにしてきたのでしょうね」

「へえ……あのお父さんが、ねえ。そんな情熱的な一面があったなんて、ちょっと意外」

和恵がはしゃいだ声で言う。

若かりしころの和男の必死さを、当時なら不気味に感じたかもしれない。けれどもいまは、心の底から微笑ましく思える。何より、あのとき和男が嘘をついてまで美代子に会いに来てくれなければ、こうして和男と夫婦として金婚式を迎えることも、和恵や美憲に出会うこともなかった。

脱衣所のほうから引き戸を開ける音がして、寝間着姿の和男が出てきた。冷蔵庫に手をかけたところで、美代子や娘夫婦のほうを見て怪訝そうな表情を浮かべる。

「何だ、おまえたち。ニヤニヤして、気味悪いな」

「別に。正俊さん、ちょっと来て」

気を利かせたつもりか、和恵が正俊を引っ張って二階へ行く。首をひねりながら、冷蔵庫から麦茶が入ったボトルを取り出す和男の背中に、美代子は声をかけた。

「せっかく旅行券をもらったことだし、思い切って海外にでも行ってみない？」

振り向いた和男は、目を真ん丸にしている。

「海外って、どこか行きたい国でもあるのか」

「そうねえ。ニュージーランドで、のんびりワインを飲みたいわ」

出会ったころの記憶が、脳裏をよぎったのかもしれない。和男はちょっと照れたような笑みを浮かべて、悪くないな、と言った。


素敵な老夫婦のお話。わたしたちも、こんな風に末永く幸せに暮らせるはずだったのに。颯太に会いたい。

17 / 3rd week

愛を買う人

ドイツの脳科学者ベッカー博士率(ひき)いる研究チームの発表は、愛に関する世界の常識を一変させた。

彼らは人間の恋愛感情の発生と消失のメカニズムを完全に解明した。特定の相手に対して脳が恋愛に関連する電気信号を発する現象について研究を重ね、ついに特殊な装置によって恋愛感情をコントロールすることに成功したというのだ。

のちにベッカー法と呼ばれるこの技術は、本人にすら制御不能な人間の心を他者が操作できてしまう危険なものとして、倫理的あるいは宗教的観点から痛烈な批判を浴び、大論争が巻き起こった。しかしながら、恋愛感情の抑制によってストーカー犯罪や性犯罪の抑止に劇的な効果が見られたことから、ベッカー法は徐々に理解され、やがてさまざまな分野で用いられるようになった。冷え切った夫婦仲を改善する、あるいは演劇において恋愛にまつわる演技にリアリティを出すために公演期間のみ演者に恋愛感情を植えつける、などはその一例である。

　ベッカー法は頭部に数十個の電極をつけ、対象となる相手の遺伝子情報をもとに生成された微量の電気を一定時間流すことにより、いわば脳の電気信号のクセを矯正する技術である。効果は個人によって、また対象によってバラつきがあり、もともと好感を抱いている相手であれば短時間でも絶大な効果が得られる一方、嫌いな相手やそもそも性愛の対象ではない相手への愛情を植えつけるには長い時間を要するが、最終的な成功率は九十五パーセント以上と非常に高い。なお、脳には自然な状態に戻ろうとする力がはたらくため、効果は多くの場合、しだいに薄れていく。したがって愛情、もしくは愛情の抑制を維持するためには定期的に施術を受ける必要があり、脳検査によって愛情の低下や増大が見られた場合には、引き続き施術を受けるかどうか選択することになる。

　発明からおよそ十年のあいだにベッカー法は広く普及し、男女を問わず経済的困窮などにより自身の愛情を売りに出す人たちと、それを購入する人たちとでマーケットが成立した。ときに人心売買などと揶揄されながらも、愛情売買はいまや婚活業界やブライダル業界などと並ぶ一大産業へと発展した。

かつて、真実の愛はお金で買えないものの代表格とされていた――ベッカー法の登場によって、そんな時代は終わりを告げたのである。

あるところに、ひとりの男がいた。

男は幼少期からひどい吃音に悩まされていた。口を開くたびまわりの子供たちにからかわれ、まともな友達が一人もできないまま、成長するほどに口数が少なく、内気になっていった。人目を避けるようにいつも背中を丸めて歩き、どうせ他人と関わらないのだからと容姿をよく見せる努力も放棄して、孤独な青春時代を過ごした。

大人になると、男はまじめに働いた。恋人ができたことはなく、もはや作ることさえあきらめていたが、彼には希望があった。ベッカー法である。

愛情は、家を買う以上に高額の買い物になる。それでもお金さえあれば、こんな自分でも女性に愛してもらえる。ベッカー法のある現代に生まれてよかった、と男は常々思っていた。ベッカー法がなければ、自分は死ぬまで誰からも愛されなかっただろうから、と。

男は仕事面でも決して有能ではなく、小さな工場で朝から晩まで働いて得る賃金は多くなかったが、生活を切り詰め、少しずつ貯金を殖やしていった。そして四十五歳で目標額に達したとき、意を決して愛情売買の仲介所へと足を運んだ。

仲介所の建物は、外装も内装も目に痛いほどの白で統一されており、清潔感を通り越して不気味ですらあった。男はカウンターに通され、公序良俗に反する目的がないかなどの調査をひととおり受けたあとで、タブレットを手渡された。アンドロイドのように隙(すき)のない笑顔の女性スタッフが説明する。

「こちらが女性のカタログとなっております。顔写真、お名前、経歴や家柄、価格などが閲覧(えつらん)でき、お好きな条件で検索できますので、どうぞご自由にご覧ください」

男はタブレットを操作し始めたが、すぐに愛情の値段が自身の想定よりも高額であることを思い知らされた。必然的にそうするしかなく、男はもっとも値段の低い女性のうちのひとりを選んで指差した。

女性スタッフの顔が曇る。

「本当に、こちらの方でよろしいでしょうか」

首をかしげる男に、スタッフは続ける。

「年齢はまだ二十三歳とお若いですが、十代で非行に走るようになり、女子刑務所に収容された過去があります。その後も真っ当に働いた経験がなく、言わば荒(すさ)んだ生活を送ってまして、借金で首が回らなくなって愛情を売りに出した、という方なのですが」

男はタブレットに表示された女の顔写真を見る。若いことは確かだが、決して美しいとは言えず、目つきが悪く、また太っていた。女性も男性も若いほど高値に設定されるのが相場らしいから、この年齢で最低額ということは、それだけ不人気な女性なのだろう。

　男はちょっと考えたが、再びその女を指差した。自分を愛してくれるのならば、誰でもいいと思えた。それに、裕福ではない自分にはどのみち選択肢がなかった。

　スタッフは元の笑顔に戻って言う。

「承知しました。では、ベッカー法を受ける前にお会いになってしまうとお相手が拒否するおそれがありますので、初めて会っていただくのはベッカー法の施術後となります。こちらの女性が施術を受ける日程が決まりましたらご連絡いたしますので、それまでお待ちくださいませ」

　男は愛情の代金と仲介料、それにベッカー法の初回料金を支払い、仲介所を出た。自身の財産の大部分が消えたことは事実だが、これで自分を愛してくれる人がこの世に誕生するのだという実感はまだ湧かず、真っ白な建物の前で立ち止まって意味もなく手のひらをながめたりした。

　翌日、仲介所から、女の施術が一週間後に決まったとの連絡が届いた。

　施術の日、男はベッカー法専門のクリニックへ向かった。初回の施術に必要となる遺伝子の採取のみならず、施術を受けた女とともにベッカー法について医師から説明を受ける義務があった。

クリニックの面会室に通され、看護師に頰(ほお)の内側から遺伝子を採取されると、施術が終わるまでしばらく待つようにと言われた。無機質な室内でソファーに座り、そわそわと二時間ほど待ち続けたところ、自動ドアが開いて女が姿を現した。

カタログの写真で見たとおりの女だった。目つきが悪く、年齢のわりに髪には潤(うるお)いがなく、体が大きかった。

何よりもまず男は、女が自分を一目見てがっかりすることを恐れた。これまでの人生で、男はそのような瞬間を何度となく経験していた。ベッカー法によって自分のことが好きになっているはずだと頭では認識していながら、反射的に他人に疎(うと)まれた過去がフラッシュバックしたのだ。

女と目が合う。その瞬間、男ははっとした。

女の眼差(まなざ)しは、いまだかつて男に向けられたことが一度たりともなかったものだった。それは熱く、はじらいを含んでいて、まぶしいような眼差しだった。

男は言葉を失う。女もまた、男の隣に腰を下ろしたきり、何を話せばいいのかわからない様子だ。医師がやってきて、向かいの回転椅子に座ってから切り出した。

「検査の結果、愛情の値が百パーセントに達していることが確認されました。施術は成功しましたのでご安心ください」

男は生返事をする。医師は続けた。

「ただし、充分な効果を得られるまでに通常よりも時間がかかりましたので、愛情のレベルをキープしたければ、年に一回程度の再施術をおすすめいたします。定期検査の結果しだいではありますが、おそらく二年はもたないかと」

やむを得ない、と男は思った。世の女性が自分のことを、ベッカー法なしに好きになるなんてありえないのだから。かなり強引に脳を矯正しているはずだから、まめに施術しなければならないのは覚悟していた。

愛情を買うことで財産の大半は使い果たしたけれど、年に一度の施術の料金くらいは現在の収入でも賄える。女は真っ当に働いたことがないというから共働きは難しいかもしれず、その場合は彼女の生活費ものしかかってくるが、何とかなるだろう。

その後もいくつかの説明を受け、男は女とともに面会室を出た。男があらためて女の顔を見ると、女は照れたように目を逸らしながら、ぼそっとつぶやいた。

「……買ってくれてありがとよ。アタシ、もう家を引き払ってきたから。これからよろしくな」

その日から、二人の共同生活が始まった。

同棲はおろか恋人すらできた経験のない男にとっては、新しい発見の連続だった。お風呂上がりの女の長い髪から、不思議なほど強い香りが漂ってくることを知った。男といるときはいつもぶっきらぼうな女が、友達と話しているときには屈託のない笑顔を見せた。月に一度のペースで女は体調を崩し、その際は愛情を感じているはずの男にすら当たり散らした。狭いベッドで女と一緒に眠ると、男は首が凝って仕方なく、慣れるまでに数ヶ月を要した。

女はお酒が大好きで、たまに外で食事をすると、決まって女の体と財布の中身が心配になるほどよく飲んだ。男の給料では安居酒屋にしか行けなかったが、それでも女は酒を飲んで上機嫌になり、なりすぎてしばしば店内で騒ぎ、ほとんど追い出されるようにして店を出る羽目になった。そのころには女は泥酔して溶けかけたチョコのようにぐにゃぐにゃの体になっており、男は自分よりも重い女を背負って帰るしかなかったが、次の日に二日酔いで苦しむ女がそれでも笑いながら「また行こうな」と言うと、男はまた連れていってあげなければ、という使命感に駆られるのだった。

男は幸せだった。自分を愛してくれる人と過ごす日々が、こんなにも喜びに満ちていることを、初めて思い知った。男のほうでも女を深く愛するようになるのに、時間はかからなかった。予想したとおり女は働きに出ず、かと言って家事を積極的にやるわけでもなかったが、男はそれでもかまわなかった。自分が帰宅したとき、毎日女が迎えてくれるだけでうれしく思った。

一年が過ぎ、検査で女の愛情レベルには四割程度の低下が見られたが、再施術のお金は無事に捻出できた。愛情の購入者の中には再施術を望まない人もそれなりにいるらしかったが、いまの生活を手放すなど男には考えも及ばなかった。

そんな生活が、三年ほど続いたある日のことだった。

その日は身を切るような寒さで、それでも男は勤め先の工場から女と住む古いアパートへ帰ってきたのちも、部屋に入る勇気が出ずに玄関先で立ち尽くしていた。しばらくそうしていると、目の前のドアが唐突に開き、厚着した女が出てきた。

男の姿を見て、女は目を丸くした。

「どうしたんだよ。家にも入らずに何やってるんだ」

女が男の頬に触れる。

「冷え切ってるじゃねえか。いつからここにいたんだよ」

女の手の温もりが、男の涙を引き出した。女はうろたえながら、男の背中を押して部屋に入れた。

「何があったんだよ。話してみろ」

めずらしく優しい声音で問いかける女に嘘はつけず、男は何度となくつっかえながらも正直に白状した。

勤め先の工場が倒産した。何年も前から経営が傾いていて資金繰りが悪化しており、とても退職金を出せる状態ではないという。社長や幹部らはダメージを最小限にとどめるべくこの日に向けて準備を進めてきたらしいが、自分たち下っ端の工員にはまさしく寝耳に水だった——。

ひととおり話を聞いたあとで、女は明るい声を出した。

「何だ、そんなことか。新しい仕事を探せばいいじゃねえか」

男はかぶりを振る。三十年近く、同じ工場で働いてきた。自分の能力が低いことも承知で、それでも雇い続けてもらっていた。いまさらほかの仕事に就ける気はしなかった。

「失業保険だっけか、そういうのも出るんだろ？　いまは何も考えられないだろうけど、しばらくはゆっくり休んで、気が向いたらまた働けばいいさ」

女の言うとおりだ、と思う。自分には、女に施術を受けさせるための金がどうしても必要だ。それを稼ぐには、新しい仕事を探すしかない。わかってはいる。けれど、どうしても悲観的にならざるを得なかった。

あくる日から、女は酒を飲みに行こうと言わなくなった。

翌年の検査で女の愛情が三割低下していることが確認されたが、男は再施術の費用を調達できなかった。

失業のショックを引きずりながらも、男は女の言葉を糧に求職活動に励んだ。しかし、すでに五十歳に近い男を雇いたがる企業はいっこうに現れなかった。もともと有能ではなく、また自分を売り込むだけの社交性もないことを自覚していた男は、度重なる落胆にすっかり自信をなくし、しだいに職を探しもせず家にいる時間が長くなっていった。

検査結果を見た医師からは、次のように告げられた。

「もってあと一年でしょう。それまでに再施術しなければ、こちらの女性はあなたへの愛情をほとんど失い、共同生活の継続は不可能になると覚悟してください」

家に帰ると、女は男に向かって怒鳴った。

「あんた、どうしてくれんだよ」

椅子に腰かけてうなだれたまま、男は言い返すこともできない。

「ぜいたくはさせてやれないけど、毎年の再施術の費用だけは何としても工面するから安心してほしい。あんた、アタシにそう約束してくれたよな。あれは嘘だったのかよ」

それは男が決まって女にささやく睦言だった。かっこ悪いことは承知のうえで、それでも本心から出るその言葉が、男にとっては最大の愛情表現のつもりだった。

男の正面に仁王立ちになり、女は目を吊り上げる。

「アタシはまだあんたのことが好きだよ。あんたともっと一緒にいたいと思ってるよ。けど、この気持ちもじきに消え失せちまうんだ。あんたはそれでいいのかよ」

しょうがないじゃないか、と男は思う。何十年も勤めた工場が突然閉鎖するなんて、予測できなかったのだから。仕事は自分なりに精一杯探した。それでも雇ってもらえないのは、年齢と能力を考えれば当然とも思える――それにもう、自分は疲れきってしまった。

口に出せば、関係が終わるとわかっていた。沈黙する男を見て、女は愛想を尽かしたようだった。

「……もういいよ。勝手にしろ」

女は言い放ち、乱暴にドアを閉めて家を出ていった。

以来、女は留守がちになり、家で顔を合わせても男とはろくに口も利いてくれなくなった。そんな期間が長引くにつれ、男は女の愛情がますます低下していることを悟った。

女が家にいないとき、男はひとりきりで何度も考えた。

愛情は、自分のような人間にはあまりに高い、分不相応な買い物だった。だから彼女に愛された日々は、言わば寝ているあいだに見る夢みたいなものだった。ベッカー法がこの世に存在しなければ、決して叶わぬ願いだった。たとえ短い期間でも、それを体験できた自分は幸せ者だ。別にいいじゃないか、彼女が自分のもとを去ったところで、元の生活に戻るだけなのだから。自分はもう充分、幸せを満喫した。ベッカー法のある時代に生まれてよかった――。

いや。

本当に、そうだろうか。

自分は人に愛される喜びを知ってしまった。もう、知らなかったころの自分には戻れない。その甘美さを憶えていて、二度と手に入らないと理解していながら、それでも渇望してしまうのを抑えられないまま生きるのは、どんなにかみじめだろう。

こんなことになるのなら、いっそ愛される喜びなど知らないほうがよかった。

――ベッカー法のない時代に生まれていれば、こんな思いをすることもなかったのに。

そしてまた一年が経ち、定期検査の日がやってきた。

女とはほとんど他人同然の生活を送っており、この日もクリニックへは別々に向かった。クリニックで女と合流し診察室に入ると、回転椅子に座っていた医師が背を向けたままで言った。

「検査の結果が出ました」

死刑宣告を聞く被告人になったような気持ちで、男は医師の言葉を待った。医師はくるりと回ってこちらを振り向き、告げた。

「愛情の値は百パーセントに戻っていました。よかったですね、再施術を受けることができて」

医師が微笑む。男は耳を疑った。

思わず隣の女を見る。女はそっぽを向いたままで、とつとつと語り出した。

「……アタシがグレたのは、親がアタシのことをちっとも愛してくれなかったからだ」

女はこれまで身の上話を語りたがらなかったし、経歴が誇れるものでないことは男も知っていたので、あえて詮索するような真似はしなかった。

「母親はだらしない女で、アタシを身ごもったときも誰が父親なのかさえわからなかったらしい。きれいな人だから、かわいげのないアタシが気に入らなかったんだろうね。アタシを邪険にするばかりで、優しくされた記憶なんてこれっぽっちもないよ」

女の声に憎しみはなく、ただただ子供のころに戻ったような寂しさだけが満ちていた。

「十代で非行に走るようになったのは、そのころは自覚してなかったけど、母親の関心を引きたかったからだろうね。ま、無駄だったけど。グレ始めてからは男もできたけど、どいつもこいつもアタシを都合よく扱うことしか考えていないような、ろくでもない男ばかりでさ。アタシはもう、誰かに大切にされることなんてないまま一生を終えるんだろうな、って思ってた」

だから愛情を売りに出したときも、本気で売れると思っていたわけではなかった。買えるもんなら買ってみやがれ、くらいの気持ちだったのだという。

「でも、あんたはアタシを買ってくれた。そして、アタシをちゃんと愛してくれた」

初めてだったんだよ、と女はつぶやく。

「あんたは初めて、アタシを大切にしてくれたんだ。こんな、乱暴で後ろ暗い過去を持っていて、どうしようもないアタシみたいな女のことをさ。経験がなかったから、うまく伝わってたかわかんないけど、アタシは幸せだったんだ」

男の目から、一粒の涙がこぼれた。

「アタシ、愛情の値が下がって冷静になった頭で、考えてみたんだよ。確かにアタシは、ベッカー法がなければあんたのことを好きではいられないみたいだった。お世辞にもかっこいいとは言えないし、歳もずっと上だし、甲斐性もないしな」

　女は冗談めかしてふっと息を漏らす。

「でも、アタシのことこんなに大切にしてくれる男は、きっとほかにはいないだろうって思った。あんたとずっと一緒にいられるほうが、自分にとっては幸せなんだろうなって。だからアタシ、決めたんだ。自分で働いて、再施術の費用を稼ごうって」

　そのときになってようやく、男は女が留守がちにしていた理由を知った。女は男に愛想を尽かしたのではなかった。職を失った男に黙って、働きに出ていたのだ。

「大変だったよ。アタシ、まともに働いたことがなかったからさ。なかなか雇ってもらえなかったし、せっかく接客のアルバイトが決まっても、客とケンカしてすぐクビになったりして。だから、全然お金、貯まらなかったけど」

　それでも何とか、一度の再施術の費用だけは用意できた。

「たぶん、来年はもう難しいと思う。一年間と決めてがんばってきたけど、けっこう身も心もボロボロになった。いろいろあったんだよ、あんたには何ひとつ言わなかったけどさ。だから、これがラストチャンスだよ。アタシのためにもう一度、働いてくれないか」

　頭がばねでつながった人形みたいに何度も首を縦に振りながら、男は女の手を取った。その温かい手の上に、男の涙が何粒も落ちた。

深く息を吸い込み、男は言った。

「あ、あ、あ、愛してる」

女は男のほうを向くと、照れくさそうに笑って「アタシもだよ」と言った。

その後、男は必死の求職活動が実り、職を見つけて一所懸命働いた。けれども稼いだお金の多くは使われることもなく、二人はおじいさんとおばあさんになるまで末永く幸せに暮らしたという。

颯太に会いたい――

Saturday

土曜日。

時刻は十五時を少し回ったところ。

わたしは京王線笹塚駅のホームの西端に立ち、通過する特急電車を待っていた。

冷たい風が、今日も容赦(ようしゃ)なくわたしの全身に吹きつける。耐えがたい寒さが、着込んだ衣類の内側までやすやすと侵入してくる。けれど、それもあと数分の辛抱(しんぼう)だ。

家を出たときまでは、喫茶『南風』に向かうつもりでいたのだ。ところが商店街の入り口に差しかかった瞬間、わたしは爪先の向きを転換し、笹塚駅の改札を目指していた。

颯太に会いたいという気持ちが、抑えきれなくなっていた。この仕事が終わるまでは、我慢しようと思っていたのだ。なのに最終週、送られてきた物語は、ことごとく恋人たちの幸せな結末を描いていて、それがいまの自分には、見せつけられるようでつらかった。

もう報酬も目的もどうだっていい、一刻も早く颯太に会いにいかなければ——そんな衝動に、気がつくと支配されていた。そしてわたしは三たび、笹塚駅のホームの西端に立ったのだった。

西の方角に目を向けると、線路の先から赤いラインの入った特急電車が近づいてくる。

二〇二一年現在、種類の多い京王線の電車の中で、昼間のこの時間帯は、特急だけが笹塚駅に停車することなく通過する――つまり、減速せずに笹塚駅のホームへと進入してくる唯一の電車ということになる。

特急電車が来る。来る。来る。

先頭車両が、どんどん大きくなる。

わたしはホームの点字ブロックを越え、際(きわ)に立つ。

颯太。

いいいますいいぐいい会いいいにいいいくいいからいいいねい。

わたしは足を踏み出した。

右の手首に、痛みを感じた。

後ろから、強い力で引き戻される。

バランスを崩し、わたしは尻餅(しりもち)をつく。直後、特急電車の先頭車両が鼻先をかすめて通過していった。

右の手首に目をやる。つかんでいたのは、老紳士だった。

「よかった。間に合って」

老紳士はわたしと似た姿勢で座り込み、肩で息をしている。

「いつも約束どおりの時間に来るあなたが姿を見せないから、不安になって来てみたら、これだ。うかつだった。待ち合わせ場所に先回りして目を離せばこういうことも起こりうると、警戒しておくべきだった」

「どうして止めたの。二度までも」

わたしはありったけの憎しみを込め、老紳士をにらむ。

「三週間前も、わたしは電車に飛び込んで死ぬつもりだった。颯太のいない世界で生きていても仕方がないから」

颯太の四十九日法要の翌日だった。颯太が成仏（じょうぶつ）したから、わたしもこの世を去ることにした。わたしの心身は、とっくに限界に達していたのだ。

「そこを、あなたに声をかけられて、おかしな仕事を引き受けることになった。終わるまでは、死ぬのを先延ばしにしようと思っていた。でも、あなたから送られてくる物語を読めば読むほど、颯太に会いたいという以外のことは何も考えられなくなってしまった」

老紳士は、険しい眼差しをわたしに注いでいる。

「あなたがわたしを引き止めて、そのうえでさらなる苦しみを与えたのよ。だからわたしは今日、死ぬことにしたの。なのに、どうしてよ。どうして止めたりなんかするの」

「あなたを死なせるわけにはいかない。それが、私に課された仕事だからだ」

わたしはせせら笑った。

「これも、仕事？　バカみたい。しょせんはお金のためってことね」

「報酬が金銭とは限らんだろう。私のそれは、許しだ」

「ふん、何だって同じことだわ。わたしがお金なんてどうでもいいと言ったのは、どのみち死ぬつもりだったからよ。あんな仕事なんて、引き受けなければよかった」

わたしは老紳士の手を振り払い、立ち上がった。

「次の電車に飛び込むから。もう、特急じゃなくてかまわない。ホームの端では、まだそこまで減速してないでしょう。死ぬにはじゅうぶんだわ」

線路側に近づく。次の各駅停車がすぐそこまで迫っていた。

再度、足を踏み出そうとする。そのとき、老紳士が背後で叫んだ。

「颯太はそんなこと望んでなんかいない」

振り返る。切実に訴える老紳士の顔面を、蹴り飛ばしてやりたかった。

「あなたに颯太の何がわかるの」

「私にはわかる」

「わかるわけないでしょう。颯太は死んだの。適当なこと言わないでよ！」

「わかるんだよ。これを読めば、あなたにもわかる」

老紳士が、ジャケットの内側から封筒を取り出した。いつもの物語が入れられていた白い封筒、ではない。洋封筒で、表には「赤塚美織様」と宛名書きがあり、手紙のようだった。

老紳士の手からそれを受け取り、わたしは呆然（ぼうぜん）としてつぶやく。

「これは……」

「最終十八話の原稿だ。いや、正確に言えば、これは物語ではない」

うろたえて手紙と老紳士とに視線を行き来させるわたしに向かって、老紳士は命じる。

「読みなさい。読んで、自分の目で確かめるんだ」

わたしは急いで封筒を開く。中の便箋（びんせん）を引き出す指が、もつれた。

18　3rd week

拝啓　貴方様

貴方（あなた）がこの手紙を読んでいるころ、私はもうこの世にいないでしょう。

……なんて、あまりにもベタすぎるかな。でもこんな定型句が使えるシチュエーションに遭遇したら、せっかくだから使ってみたくもなるよね。

　私はいま、病室のベッドの上でこの手紙を書いています。ステージⅢの大腸がんと診断されてはや三年、度重（たびかさ）なる手術や治療の甲斐（かい）もなく、このごろは日に日に体力が衰え、死期の迫るのをまざまざと実感しています。

　死ぬのが怖くないと言えば嘘（うそ）になる。どうしてこの私が、まだ三十五歳、がんで死ぬことなんてほとんどないはずの年頃の私が、死ななければならないのか。そんな風に、神様への恨（うら）み言（ごと）を述（の）べたらきりがない。でも最近では、これも逃れようのない運命なのだと、じょじょに受け入れられつつある気がします。

死ぬことは、もう止められない。それについてはあきらめました。

ただ、私にはひとつ、どうしてもほうっておけない心配事があるのです。

それは、貴方のことです。

貴方と初めて出会ったのは、およそ二年前、京王線笹塚駅のホームでしたね。特急電車の通過待ちをしていた私は、ホームの新宿とは反対側、つまり西側の端に、人影がひとつ、ぽつんと立っているのを見つけました。そんなところで電車を待つ人なんて普通はまずいない、という場所です。

ものすごく嫌な予感がして、私は貴方のもとへ駆け寄りました。どうしましたか、と声をかけると、貴方はその場で泣き崩れましたね。次の電車に飛び込もうと思っていた、と貴方が言った瞬間、まさにその特急電車が通過していくのを見て、胸を撫で下ろしたのでした。

私は貴方を駅から連れ出し、近くの商店街の二階にある老舗の喫茶店で話を聞きました。貴方は職場の同僚と婚約していたこと、しかし婚約者の裏切りにより破談になったこと、相手は勤務先の経営者一族だったので何も悪くない貴方が退職せざるを得なくなったこと、愛する人も職も失って自暴自棄になり発作的に死のうとしたことを語ってくれましたね。

　話の内容もさることながら、そのときの貴方は、精神的に相当まいっているように見えました。ほうっておいたら、すぐにまた死のうとするかもしれない。私はそのように感じました。

　その時点では、たまたま自殺を止めただけの赤の他人に過ぎませんでしたから、そのまままさよならしたところで私には何の咎もなかったと思います。けれど、袖振り合うも他生の縁と言うでしょう。ましてこちらから関わってしまった以上は、もう少し見守る義務があるとも言える。貴方に万が一のことがあれば、こちらとしてはやはり寝覚めが悪いですし。

　私は、一週間後の今日、二人で一緒に食事をしましょう、と貴方をお誘いしました。そうすれば、約束の日までは貴方が生き延びてくれるだろうと考えたのです。貴方は哀れなほど縮こまりながらも、はい、と返事をしてくれました。依然、心配ではありましたが、その日は連絡先を交換しただけで、喫茶店を出て貴方と別れました。

　それから私たちは、頻繁に会うようになりましたね。自分で言うのはおかしいけれど、貴方が命を救われた私に好意を抱いたのは、自然な成り行きだったと思います。

五度目に会ったのは横浜で、潮風がまだ冷たい春の夜でした。貴方はみなとみらいの海沿いのベンチに座ると、隣にいる私の腕を抱き、付き合ってください、とささやきました。

何よりもまず、困ったことになったぞ、と思いました。そのとき私の体内ではすでに病が進行しており、私はそれを自覚していたのですから。貴方に私の——当時はまだ、回復をあきらめてはいなかったけれど——人生を背負わせたくはなかった。そうすれば、貴方はますます傷つくことになると思ったから。

かといって、貴方との交際を拒否すれば、元の木阿弥で貴方は命を絶ってしまうかもしれない。食事に誘うなど、思わせぶりな態度を取ったのは私のほうです。それに——会う回数が重なるにつれ、私は貴方に惹かれていく自分に気がついていた。憂いという名の分厚い雲の隙間から、太陽のようにまぶしい笑顔がのぞくとき、掛け値なく、私は貴方を素敵な人だと感じていたのです。

結局、私は闘病中であることを告白したうえで、それでもよければ、と交際を承諾しました。貴方は迷わず、一緒にいさせてください、と言ってくれましたね。

あの日から、私たちは恋人になったのでした。

付き合いたてのころはまだ、自由に動き回れる程度には私の体力も残っていて、限られた時間を一瞬たりとも無駄にしたくないとばかりに、私たちはどんどん思い出を作りましたね。

東京スカイツリーから見下ろす夜景。鎌倉(かまくら)の長谷寺(はせでら)で見たあじさいの色。屋形船で食べたもんじゃ焼きの味。立川(たちかわ)の空を彩(いろど)る打ち上げ花火の美しさ。銀座で買ったシンプルなデザインのペアリング。日比谷(ひびや)でイルミネーションを見ている最中に降ってきた雪の冷たさ。草津の温泉宿で、病気が治ったら結婚しようと誓い合った夜。どれも、決して忘れることのできない大切な思い出ばかりです。

初めは影をまとっていた貴方が、そばにいるとだんだん元気になっていくのがわかって、うれしかった。代わりに私の病気の心配をさせていたことは知っていたけれど、それでも貴方と付き合うことにしてよかったと、私はつねづね思っていました。

ところがしだいに私の体が弱ってきて、治療のためにどこへもいけない日々が続くようになりました。闘病のつらさや死への恐怖、とうてい承服しかねる運命に対する怒りから、貴方に当たり散らしたこともありましたね。本当に、申し訳なく思っています。

それでも貴方は足繁(あししげ)く病院にかよい、私を勇気づけてくれましたね。ひとりのときはいつも絶望的な気持ちでいるのに、貴方が励(はげ)ましてくれると、本気で病気に打ち克(か)てる気がしてくるから不思議でした。貴方のためにも、一日でも長く生きなければ。その一心で、私は自分なりに精一杯がんばってきたつもりです。

——でも、残念だけど、もうだめみたい。

私に残された時間は、あとわずかになってしまったようです。


さて、貴方はこの手紙を読むまでに、一日一話ずつ、十七の短い恋物語を読んできたことと思います。見ず知らずの老人から突然、貴方だけに課される特別な仕事として持ちかけられ、さぞ怖い思いをしたのではないかとお察ししますが、それでもお引き受けくださってありがとうございました。

一話あたりの長さが、四百字詰め原稿用紙換算枚数で約二十枚、つまり八千字。この手紙も併せて全部で十八話なので、八千×十八で十四万四千字。報酬は一字につき十円ですから計百四十四万円、ただしあらかじめ一万円の手数料をお支払いいただいているので、百四十三万円が貴方の懐に入ることになります。すべて、最初に説明を受けられたとおりです。

いったい誰が、何のために、このような仕事を貴方だけに用意したのか、お気づきになりましたか？

何となく恥ずかしくて、貴方にもずっと隠していたのですが、実は私は、昔から小説を書くのが趣味だったのです。プロを目指して、文学新人賞に投稿していた時期もあります——箸にも棒にも掛からなくて、すぐにやめてしまいましたが。それでも、自分の中から湧き出てくる物語を形にしたくて、暇さえあればパソコンに向かってキーボードを叩いていました。

もう、おわかりですね。十七の恋物語の作者は、この私なのです。

あれらの作品を読んで、貴方はどう思われたでしょうか。胸糞が悪くなるような物語も少なからずあったから、ひょっとすると私に幻滅しているかもしれませんね。特に、婚約者に裏切られて電車に飛び込む話などは、貴方の実体験にきわめて近い内容でしたから、かなりきつかったでしょう。本当に、ごめんなさい。

治療の成果が思ったようには出ず、死期が近づいていることを悟ったとき、初めに考えたのは貴方のことでした。

貴方は婚約者の裏切りに遭い、みずから命を絶とうとするほど思いつめていました。せっかく私との交際で立ち直ったのに、その私が死んでしまったらどうなるか。きっと、また思いつめてしまうんじゃないか。私には、それが心配でたまらないのです。

貴方を引き止めてこの世に生かし、希望を抱かせたのは私です。私は貴方の人生に、貴方が生き続けるという選択をしたことに対して責任を負っている。私亡きあと、貴方が以前と同じかそれ以上に思いつめるようなことがあってはならない。それでは、私が貴方を引き止めた意味がなくなってしまう。ただでさえ悲しみに暮れていた貴方に、新たな悲しみを与えただけなのだから。

死にゆく自分に、何かができるとしたら。私は必死で考えました。

そして、小説を書こうと決意するに至ったのです。

突飛な発想だと思われたかもしれませんね。でも、きちんとした理由があります。

私が死んだとき、貴方は、自分が本気で愛せる人はこの世に私ただひとりだけ、なんて思いはしませんでしたか？

どうです。図星でしょう？　その心情が容易に想像できます。何せ、婚約者に裏切られて死を選ぼうとするほど一途な貴方なのだから。

でもね、十七の恋物語を読んできた貴方なら、きっとご理解いただけたでしょう。この世界には、無数の愛の形があることを。

それは貴方が裏切りを経験したように、決して美しいものばかりではない。貴方の実体験に近い話を書いたのも、フィクションという線を引いて読むのではなく、現実に起こり

うることだと実感してほしかったからなのです。綺麗事を言うつもりはありませんでした
から、醜い愛の物語も書きました。むしろ、そちらのほうが多かったかもしれません。
だけど、それでもこの世界のどこかには、間違いなく、貴方を幸せにしてくれる愛が存在していて。

貴方が私と出会えたように、生きてさえいれば、きっとまた出会えるはずで。

だからどうか、自分の持ちうる愛の形が、この世界にただひとつだなんて思わないで。

この世界は、美しいものも醜いものも含めて、たくさんの愛に満ちあふれているのだから。

私は小説を書くことで、その事実を貴方に教えたかったのです——私が死んでしまったせいで、この世界を直視できなくなっているであろう貴方に。

貴方にこの仕事を持ちかけた老人は、私の実父です。

病院やお葬式で顔を合わせたはずの私の父と別人であることに、驚かれたかもしれません。実父は、私がまだ幼いころに、母と私を捨てて蒸発したのです。それから五年が経ち、母は再婚しました。そのお相手が、貴方の知っている私の父です。

死期の近いことを実感したとき、私は探偵を雇って実父の消息をたどりました。母から

は、実父は探偵業に就いていたと聞かされていたので、何かしら情報が得られるはずだと踏んだのです。案の定、実父は探偵のネットワークを介してすぐに見つかりました。彼は私たちのもとを去ったあとも長らく探偵業に就いていたそうですが、現在は引退し、都内で新たな家族とともに悠々自適な余生を送っていました。

およそ三十年ぶりに顔を合わせた息子の前で、実父はぼろぼろと涙を流して謝罪しました。探偵業で危ない橋を渡りすぎ、家族に危害が及ぶのを恐れて身を隠した。どうにかして連絡を取るべきだったが、もう安全だと信じられるタイミングを待ち続けるうちに新しい家族ができ、とうとうそれきりになってしまった。私と母に対してはひたすら申し訳なく、いつかは罪滅ぼしをしなければならないと考えていた。まさか、息子が自分より先に逝ってしまうことになろうとは思いもよらなかった——。

ひととおり話を聞き終えたところで、私は実父に告げました。自分は継父のもとでそれなりに幸せに暮らしてきたから、貴方のことは恨んでいない。けれど、もし罪滅ぼしをしたいという気持ちがあるのなら、どうか私の最後のわがままを聞いてほしい、と。実父は、自分にできることならば何でもやる、と答えてくれました。

私が実父に頼んだことは、おおよそ次のようなものです。

私が死んだら、私の恋人を常時監視し、自殺を未然に防いでほしい。

期間は、恋人が私の死から立ち直り、みずから命を絶つことはないと確信できるまで。

恋人が駅のホームにいる際にはとりわけ注意してほしい。

そして、もし恋人が自殺に及ぼうとしたら――笹塚駅のホームの西端に立つことがあったら、そのときは引き止めるとともに、とある仕事を持ちかけてほしい。

一日一話、短い物語を読むだけで、百四十三万円もの大金が得られる不思議な仕事を。


報酬の百四十三万円は、言うまでもなく私の貯金から捻出しました。

幸せな時間をくれたことに対する、私から貴方への感謝の印です。あるいは、悲しませたことへの慰謝料と言い換えてもいいかもしれません。病気が治ったら結婚するという約束を励みに、病の治療に取り組んできたので、貴方とは死ぬまで入籍しないつもりです。貴方の将来にとっても、そのほうがいいでしょう。ただ法律上、恋人には法定相続による遺産は入りませんから、何かしらの形で財産を渡したかったのです。お金なんかで埋め合わせになるとはとても思えませんが、何もないよりはまだましでしょう。貴方がこれから立ち直るために、有効活用していただければ幸いです。

でもね、それだけじゃあないんですよ。

百四十三万円という金額、中途半端だとは思いませんでしたか？

確かに一字十円の総額から手数料の一万円を引いたらこの額になります。小説を読むだけで得られるのであれば、破格と言っていい報酬でしょう。しかし、人生を大きく変えられるほどの額ではありません。

もちろん、私の貯金の範囲内で、という現実的な問題もあります。だけどそれ以外に、この金額にはちゃんとした意味がある。

「143」という数字が、英語のスラングで何を表しているかご存じでしょうか。

答えは、《I love you》です。文字数を取って、143となったんですね。

わかりますか。百四十三万円という金額をもって、私は貴方にいま一度、お伝えしたかったのです。

死してなお、私は貴方のことを愛しています、と。

とはいえ、もっとも理想的なのは、貴方が笹塚駅のホームの西端に立たず、私の書いた物語やこの手紙を読みもしないことです。自力で立ち直ってくれるなら、それに越したことはありません。

言うなれば、私の小説や実父への依頼、百四十三万円というお金はすべて保険に過ぎません。それらを用意せずにいられないほど、貴方のことが心配なのです。この心配が、ただの取り越し苦労であることを祈っています。

それでも、この手紙を読むことになった貴方に。
最後にもうひとつだけ、私から仕事を課したいと思います。

生きてください。

もう決して、死のうなどとは考えないでください。

私のことは、忘れてくださってもかまいません。精一杯生きて、新しく、貴方にふさわしい愛の形を、きっと見つけてください。
それだけが、いまの私のたったひとつの願いです。

では、いまはひとまず、さようなら。
たくさんの幸せを私にくれて、本当にありがとうございました。
あと何十年も経ったころ、貴方が天寿(てんじゅ)を全(まっと)うして天国にやってくる日が来たら、そのときはまたお会いしましょう。

それまで、どうかお元気で。

敬具

ミスター・コントこと森倉颯太

エピローグ

わたしのために読む18の物語

　涙が止まらない。

　懐かしい颯太の手書きの文字を目の当たりにしただけで、わたしの視界はぼやけた。洟をすすり、何度も目元をぬぐいながら、何とかその手紙を読み終えたとき、わたしは立っていられなくなり、その場に座り込んで号泣した。

　颯太。

　二年前、あなたが救ってくれた命だったのに。

　わたしが死ぬことを、あなたが望むはずがなかったのに。

　ごめんなさい、颯太。本当にごめんなさい——。

「颯太のやり方は、私にはどうも迂遠だったように思えてならん」

老紳士――颯太の父親が、力なくつぶやく。

「自分の物語がここまであなたを追いつめてしまうことを、物語がそれだけの力を持つことを、あいつは予測できなかったのだろう。あと一歩で、取り返しのつかない結末を迎えるところだった」

そう語る彼の頰は青白い。

「死にゆく息子の好きにさせたいと、余計な口出しはしなかった。いまにして思えば、年長者らしく意見を述べるべきだった。親として、などと言う資格はないにしても、な」

彼の言い分は理解できる。けれど、と思う。

もし物語を読むという段階を踏まずに、いきなり颯太の手紙を渡されていたとしたら、わたしはどうしていただろうか。

颯太とは、見舞いのたびに話をした。彼は決まって、自分がいなくなったあとも強く生きてほしい、というようなことを言ってくれた。

だが、その言葉は最愛の人の死を前に凍りついたわたしの心の奥にまで届いてはいなかった。だからわたしは、結婚を誓い合った相手を二度も失った人生を悲観し、死のうとしたのだ。仮に颯太の死の直後、彼からの手紙を渡されたとしても、病室で交わした会話の焼き直しとしかとらえられず、やはり心の奥にまでは届かなかったかもしれない。

翻(ひるがえ)って、彼の物語を読んだいまのわたしはどうか。一週目は普通に物語として、フィクションとして楽しんでいた。だが二週目、ただ物語を読んでいるだけのはずが、しだいに不快な気分になり、土曜日には登場人物に対して殺意すら抱いた。明らかに、フィクションと現実の境界がぼやけてきていた。

そして最終週、物語は虚構の枠を越え、わたしの中に残る愛情を強く喚起した。凍りついて動かなかった心は激しく揺さぶられ、わたしは颯太に会いたいと、ただそれだけを願うようになってしまった。

物語の中で、幾通りもの愛情を目の当たりにしたから。

わたしは再び、自分の欲する愛情に向けて足を踏み出したくなった。そのとき凍りついて動かなかったはずの心には、確かに、愛情を渇望して亀裂が走った。

颯太からの手紙は、そこを目がけて落とされた、ひとしずくの温かな愛情だったのだ。凍りついたままでは、決して浸透しなかった。

颯太の書いた物語が、わたしの心を動かした。リスクがあることも承知のうえで、いやリスクがあるからこそ得られる効果があると信じて、颯太は消えゆく命に鞭(むち)を打って、あれらの物語を生み出したのだ。

「……颯太はまたしても、わたしの命を救ってくれたんですね。死してなお、わたしをホームのこちら側に引き止めてくれたんですね」

――どうしましたか。

二年前のあの日、まさに死のうとしていたわたしの耳元に届いた、彼の優しげな声がよみがえる。

颯太の父は、ゆっくりとうなずいた。

「この際、やり方の是非(ぜひ)は脇に置こう。あいつはあなたを深く愛していた。自分がもうすぐ死ぬってときに、残された時間をすべてあなたに捧げる覚悟ができていた。私は腐っても父親だから、もう少し自分のために生きてもいいんじゃないかと言ったよ。だが、あいつは耳を貸さなかった」

幼いころから妙なところで頑固だった。そう言って、懐かしそうに微笑(ほほえ)む。

「でも、どうやらこれであいつの真の目的は果たされたようだ。本当に、危ないところだったがね。苦労も報(むく)われたというものだ」

颯太の父が立ち上がる。そして、わたしに手を差し伸べ、そのままわたしを引っ張り上げた。かろうじて立つわたしから放した手を、出会った日と同じジャケットの内側に差し入れる。

「さて、あなたの仕事は終わった。いや、最後に颯太から課された仕事は、これからあなた自身で果たしてもらわなければならんが。それが終わるのを待つわけにはいかないから、約束どおり報酬をお支払いしよう」

　ジャケットから出てきた、厚みのある茶封筒を、わたしは受け取る。中をのぞくと、札束が入っていた。着手金として受け取った札束の、ほぼ倍の枚数なのだろう。

「でもわたし、お金なんて……」

「手紙に書いてあっただろう。これは、何としても受け取ってもらわなければならん。でないとあいつが意図した１４３という数字にならないのだからね」

　それもそうか、と思う。わたしは颯太の愛を拒まない。拒むわけがない。

　手帳を入れてあるバッグに、わたしは札束をしまった。何より大切な、颯太の直筆の手紙とともに。

　満足そうにうなずいて、颯太の父は言う。

「それじゃあ、私は行くとするよ。もう、会うこともないだろう」

「確信できたってことですか。わたしが死ぬことはない、と」

　颯太にはそう頼まれているはずだ。颯太の父は肩をすくめ、

「怖がらせるようなことを言わんでくれ。昔取った杵柄ではあったが、正直こたえたよ。この冬の寒さの中、二ヶ月あまりにわたって四六時中あなたを監視し続けるのは」

死ぬつもりだったから、前職は辞めていた。外出する気力もなかったので、ほとんどの時間を自宅で泣いて過ごした。アパートだから、入り口を見張れる場所にある部屋でも借りれば、それほど大変な監視ではなかっただろうとは思う。だが、だとしても楽な仕事ではない。

「ご迷惑をおかけしました。本当に、ありがとうございました」

わたしは深々と頭を下げる。彼は言った。

「礼ならあいつに言ってくれ。それではお嬢さん、どうぞお元気で」

顔を上げたとき、老紳士の姿はもうそこにはなかった。

わたしはまだ、ホームの西端に立っていた。初めて会った日の、颯太の姿が幻となって浮かぶ。

――ぼくでよかったら話を聞きますよ。ここは寒いから、近くの喫茶店にでも移動しましょう。

言われたとおりに移動する。改札を出て、喫茶『南風』へ。

扉を開けると、マスターがこちらを見て「おや」という顔をした。

「お連れさんなら、少し前に店を出ていかれましたが」

「いいえ、今日はひとりで……」

言いかけて、訂正する。

「今日は、別の人と」

「そうでしたか」

マスターが納得した表情を見せる。店内は空いていた。

窓際の席に腰を下ろす。颯太に身の上話を打ち明けたのも、この席だった。初対面の相手に対して、恥も外聞もなく本心をさらけ出したわたしに、彼は言ってくれたのだった。

――一週間後の今日、二人で一緒に食事をしましょう。

注文したブレンドコーヒーに口をつける。いつもより、苦みが強い気がした。

飲み終えて会計をするとき、マスターが不思議そうに訊ねた。

「お待ち合わせはもういいんですかい」

「ええ。また来ます。必ず」

にっこり笑って店を出た。

帰宅して照明を点け、机の前の椅子に座る。引き出しを開け、四十七万円の札束を取り出した。

着手金としてもらったこのお金には、まだ手をつけていなかった。バッグに入っている札束を合わせ、一枚ずつ数えていく。間違いなく、百四十三枚あった。

《I love you》

何が、これから立ち直るために有効活用していただければ、だ。こんなお金、使えるわけがないではないか。

一枚でも減ったら、愛の言葉は消え失せてしまうのだから。

わたしはお札をひとつにまとめ、引き出しの奥にしまう。そして、写真立てを手に取った。

結婚を誓い合った二人が、カメラに向けて笑みを浮かべている。

どんな物語の登場人物よりも、二人は幸せそうに見えた。

あれ以上の幸せなんてないと決めつけていた。颯太を亡くしたその日から、もう幸せにはなれないのだと信じきっていた。

いまでもそう思う。だけど、颯太が言うのなら。

わたしは新しい愛を探そう。

精一杯生きて、わたしにふさわしい愛の形を、きっと見つけよう。

もしかすると、それは結婚でもなく、性愛でもなく、想像も及ばないような形をしているのかもしれない。だって、この世界にはさまざまな愛の形が存在しているのだから。

この世界は、美しいものも醜いものも含めて、たくさんの愛に満ちあふれているのだから。

――颯太、見ててね。わたし、幸せになるよ。

写真立てを置く。十八話目の恋物語は、まだ完結していない。

書き継ぐのは、わたし自身だ。

解説――小説という体験

作家　木爾チレン

本から顔をあげて、息をする。見慣れた自室にいる。また――潜っていたのだ。そう気が付き、惜しいような、安堵したような気持ちになる。

岡崎琢磨の小説を読んでいるとき、私はいつでもそんなふうに、意識だけでなく、身体ごと物語のなかに潜り込んでいくような感覚に陥る。

それは映画『インセプション』を見終えたときの怖さに似ている。詳細な説明は省くが（傑作なのでぜひ一度、ご覧になって頂きたい）、映画の中で登場人物たちは、他人の夢の中に入り込み、情報を植え付けることができる。だが時に、夢の中に深く潜り込みすぎて――夢の中で夢を見るという行為により――現実に戻ってこられなくなる人がいる。あるいは夢の中こそが、現実だと思い込んでしまう。

私も少女の頃はよく、夢の方を信じたくなるときがあった。夢というのは、時に現実より幸せな世界を映し出すから、夢を思い出すだけで、幸福に浸れた。

でも大人になるにつれて、夢を信じられなくなってからは、素晴らしい小説に出会ったときにこそ、そういう心地になれた。その世界から抜け出したくなくて、物語に心が奪われたままの状態になれたとき、私は醒めながら幸福な夢を見続けられたのだ。

しかし、冒頭で述べたように身体ごと物語の中にとりこまれてしまうほどのことは殆どない。少なくとも私は、こういう感覚を、岡崎琢磨の小説でしか味わったことがない。

なぜなのかは、考えるまでもない。岡崎琢磨の小説は、体験そのものだからだ。

夢の中で夢を見るように、物語の中で、主人公に物語を読ませる――という構造が、ただの読者であったはずの私たちを、より深い小説世界へと引きずり込んでいくのだ。

二〇二四年六月時点で、岡崎さんの最新作であり、話題書となった『鏡の国』は、その構造が最大限に生かされたミステリ小説となっている。

概要としては、大御所ミステリ作家であった叔母の遺稿『鏡の国』が見つかり、担当編集者が「この小説には削除されたパートがあると思います」、と著作権継承者である姪――主人公にそう告げる。そして主人公は、実際に作中作として書かれた『鏡の国』を読み進めながら、本当に削除されたパートがあるのか――何故削除する必要があったのかを、叔母の過去を探ると共に、ひも解いていくという流れだ。『鏡の国』は、その叔母が残した遺作が本文の七割を占める。つまり、作中作がメインストーリーであると言い換えることができ、その完成度は申し分ない。しかし『鏡の国』の真の面白さはやはり、主人公と共に作中作を読む――という体験によって、得られるものだと言い切りたい。

そして本作『貴方(あなた)のために綴る18の物語』は、『鏡の国』の起源となった作品といえるのではないかと思う。

本編は、ホームで電車を待つ主人公、赤塚美織(あかつかみおり)のもとに一人の老紳士が現れるところから始まる。そして老紳士は、ある意味で常軌を逸(いっ)した仕事を、主人公に持ち掛ける。「とても簡単な仕事です。あなたには、四百字詰め原稿用紙にして二十枚程度の短い物語を、一日一話、全部で十八話読んでいただきたいのです。物語は毎日、郵送であなたのご自宅に届きます」――その物語に対し、ちゃんと読んだことがわかるように、感想を書いてさえくれれば、最終的に百四十三万円もの報酬を支払うと。突然の幸福に疑いながらも、物語を読むだけなら……と、主人公はその仕事を引き受けることになる。

読者として、一冊に収録された何の繋(つな)がりもない掌編(しょうへん)を十八話分読むというのは、ただの読書である（勿論(もちろん)、読書は素晴らしい）。だがこの導入があるからこそ、私たちの感覚は、『鏡の国』と同様に、主人公と共に送られてくる十八話の物語を一日に一話ずつ読む――という体験に変わる。

老紳士との約束に基づき、各話には主人公の忌憚(きたん)のない一行程度の感想文が掲載されているのだが、何よりはっとさせられるのが、その感想文があまりにも的確なことだ。私も小説家という職業だからこそ痛感するが、自身の作品に対して、こんなふうに俯瞰的な目線で感想が書ける自信はない。

だが的確だと感じるのは、私と岡崎さんの思考が似ているという側面もあるかもしれない。

岡崎さんとの出会いは四年ほど前になる。彼がnoteに綴っていたSNSとの付き合い方についての記事を読み、こんなにも自分と同じ考えの小説家がいたのだと救われ、その気持ちをコメントで残したのが始まりだった。自慢じゃないが私は、積極的な人間ではない。だから自分からコンタクトを取ることは滅多にないのだが、その壁を取り払ってくれるくらい、岡崎さんの思考や文章には、それこそ身体ごと揺り動かされるものがあったのだ。

余談だが、当初はお互いに単行本の重版を経験したことがなく(といっても岡崎さんは、デビュー作から続く『珈琲店タレーランの事件簿』シリーズが累計三〇〇万部近く売れていたので、私とは雲泥の差があったのだが)、それは重大なコンプレックスだった。だから今こうして解説を書かせてもらえるくらいには私も名前が売れ、岡崎さんは『鏡の国』が大重版を繰り返し、二人ともが希望していた未来の中にいることを本当に感慨深く思う。

話を本編へと戻すと、十八話の中で、おそらく心に刺さる作品は人によって違うのだろうが、私は次の四作を挙げたい。

第2話『インタビュー』第8話『闇の中』第13話『いじめロボット』第17話『愛を買う人』

まず第2話は、インタビューを受ける主人公が過去を回想する形で物語が進んでいくのだが、ミステリ作家ならではの幼馴染(おさななじみ)をテーマとしたラブストーリーには新しさがあり、さらに主人公の執着ともいえる乙女心が最高だった。

第13話と第17話は、私自身の読書の入り口が星新一のショートショートだったために、少女に戻ったようにわくわくしてページを捲(めく)った。特筆すべきは『愛を買う人』で、これまでまともな友だちもできず、恋愛もしたことがない吃音(きつおん)症の男が、四十五歳までまじめに働き、なんとか貯めたお金で、まさしく愛を買うことになるのだが、男が貯めた金額では、刑務所上がりで荒(すさ)んだ生活を送っている上に容姿も芳(かんば)しくない最底辺の女しか選ぶことができない。それでも「一度くらい愛されたい」とその女を選ぶのだが、その女の不器用な性格を含め、私はこの話が最も好きだった。

そして第8話『闇の中』についてだが、岡崎琢磨は本当に、女性の気持ちそのものを描ける、稀有(けう)な男性作家だと感じる。この物語は、性行為の最中、男性が興奮しきれず、彼女と最後まで致せないという話で、結末的には胸糞と呼ばれるものなのだが、彼に対し「自分が原因なのだろうか」と悩む女性の心情を、そして彼が自分の中で果ててくれるのならばと、彼の性癖に付き合う姿も、女性の気持ちを分かった上で書いてくれているからこそ、私は主人公に共感し、得体の知れない充足感すら味わうことができた。

その上で第18話目に、なぜこの仕事の報酬が百四十三万円だったのかを知ったとき、この物語を紡いだ著者自身の繊細な優しさが垣間見え、また救われたような気持ちになった。

解説の最後に、本書の単行本『貴方のために綴る18の物語』と同じ二〇二一年に刊行された、『Butterfly World 最後の六日間』(以下略)について、語っておきたい。

この作品は、非暴力が徹底されたVR空間で次々に死体が発見される——仮想空間にある館〈密室〉を舞台としたいわゆる特殊設定ミステリで、主人公が現実とVR空間を行き来しながら物語が進む。

私がはじめて熟読した岡崎琢磨作品が『Butterfly World』であるが、そのときに感じたのが、まさに潜っている感覚だったのだ。主人公がVR空間から現実へと返る瞬間——はっと我に返り、深呼吸をしたことを、今でも克明に覚えている。自分でも知らぬ間に、深くまで潜りすぎて、怖かったことを。

つまり何が言いたいかというと、作中作という手法を使わずとも、岡崎琢磨の小説は体験そのものなのである。

そして私はこれからも、息継ぎも忘れてしまうくらい深く、彼の小説世界に潜れることを楽しみにしている。

（この作品『貴方のために綴る18の物語』は令和三年五月、小社より四六判で刊行されたものです）

一〇〇字書評

切・り・取・り・線

購買動機（新聞、雑誌名を記入するか、あるいは○をつけてください）	
□（　　　　　　　　　）の広告を見て	
□（　　　　　　　　　）の書評を見て	
□ 知人のすすめで	□ タイトルに惹かれて
□ カバーが良かったから	□ 内容が面白そうだから
□ 好きな作家だから	□ 好きな分野の本だから

・最近、最も感銘を受けた作品名をお書き下さい

・あなたのお好きな作家名をお書き下さい

・その他、ご要望がありましたらお書き下さい

住所	〒				
氏名		職業		年齢	
Eメール	※携帯には配信できません	新刊情報等のメール配信を 希望する・しない			

この本の感想を、編集部までお寄せいただけたらありがたく存じます。今後の企画の参考にさせていただきます。Eメールでも結構です。

いただいた「一〇〇字書評」は、新聞・雑誌等に紹介させていただくことがあります。その場合はお礼として特製図書カードを差し上げます。

前ページの原稿用紙に書評をお書きの上、切り取り、左記までお送り下さい。宛先の住所は不要です。

なお、ご記入いただいたお名前、ご住所等は、書評紹介の事前了解、謝礼のお届けのためだけに利用し、そのほかの目的のために利用することはありません。

〒一〇一－八七〇一
祥伝社文庫編集長　清水寿明
電話　〇三（三二六五）二〇八〇

祥伝社ホームページの「ブックレビュー」からも、書き込めます。
www.shodensha.co.jp/
bookreview

祥伝社文庫

貴方(あなた)のために綴(つづ)る18の物語(ものがたり)

令和 6 年 6 月 20 日　初版第 1 刷発行

著　者　岡崎琢磨(おかざきたくま)

発行者　辻　浩明

発行所　祥伝社(しょうでんしゃ)

東京都千代田区神田神保町 3-3
〒 101-8701
電話　03（3265）2081（販売部）
電話　03（3265）2080（編集部）
電話　03（3265）3622（業務部）
www.shodensha.co.jp

印刷所　堀内印刷
製本所　ナショナル製本

Printed in Japan ©2024, Takuma Okazaki ISBN978-4-396-35053-6 C0193

祥伝社文庫の好評既刊

中山七里
ヒポクラテスの誓い
法医学教室に足を踏み入れた研修医の真琴。偏屈者の法医学の権威、光崎とともに、死者の声なき声を聞く。

中山七里
ヒポクラテスの憂鬱
全ての死に解剖を――普通死と処理された遺体に事件性が？　大好評法医学ミステリーシリーズ第二弾！

中山七里
ヒポクラテスの試練
伝染る謎の〝肝臓がん〟？　自覚症状もなく、ＭＲＩでも検出できない。法医学者光崎が未知なる感染症に挑む！

中山七里
ヒポクラテスの悔恨
「一人だけ殺す。絶対に自然死にしか見えないかたちで」光崎教授に犯行予告が。犯人との間になにか因縁が？

藤崎　翔
モノマネ芸人、死体を埋める
死体を埋めなきゃ芸人廃業⁉　咄嗟の機転で完全犯罪を目論むが……。騙し騙され、極上伏線回収ミステリー！

友井　羊
無実の君が裁かれる理由
ストーカーと断罪された無実の僕は……。曖昧な記憶、作為と悪意。こうして罪は作られる！　青春×冤罪ミステリ。

祥伝社文庫の好評既刊

東川篤哉
ライオンの棲む街
平塚おんな探偵の事件簿1

〝美しき猛獣〟こと名探偵・エルザ×地味すぎる助手・美伽。地元の刑事も恐れる最強タッグの本格推理！

東川篤哉
ライオンの歌が聞こえる
平塚おんな探偵の事件簿2

湘南の片隅でライオンのような名探偵エルザと助手のエルザの本格推理が光る、ガールズ探偵ミステリー第二弾！

東川篤哉
ライオンは仔猫に夢中
平塚おんな探偵の事件簿3

金髪、タメ口、礼儀知らずの女探偵。でも謎解きだけ(?)は一流です。型破りなガールズ探偵シリーズ第三弾！

東川篤哉
伊勢佐木町探偵ブルース

しがない探偵とインテリ刑事。やたら現場で鉢合わせる義兄弟コンビが、難事件に挑む！

樋口有介
平凡な革命家の死
警部補卯月枝衣子の思惑

心不全とされた市議の死を、なんとか殺人に〝格上げ〟できないか――。野心家女刑事が火のないところに煙を立てる！

樋口有介
礼儀正しい空き巣の死
警部補卯月枝衣子の策略

身元不明の空き巣男が、民家の風呂場で息絶えていた。火のないところに煙を立てる女性刑事の名推理！

祥伝社文庫の好評既刊

宇佐美まこと　入らずの森

京極夏彦、千街晶之、東雅夫各氏太鼓判！　粘つく執念、底の見えない恐怖――すべては、その森から始まった。

宇佐美まこと　愚者の毒

緑深い武蔵野、灰色の廃坑集落で仕組まれた陰惨な殺し……。ラスト1行まで震えが止まらない、衝撃のミステリー。

宇佐美まこと　死はすぐそこの影の中

深い水底に沈んだはずの村から、二転三転して真実が浮かび上がる。日本推理作家協会賞受賞後初の長編ミステリー。

宇佐美まこと　黒鳥の湖

十八年前、彰太がある〝罪〟を犯して野放しにした快楽殺人者が再び動く。人間の悪と因果を暴くミステリー。

本城雅人　友を待つ

伝説のスクープ記者が警察に勾留された。男は取調室から、かつての相棒に全てを託す……。白熱の記者ミステリ！

大崎　梢　ドアを開けたら

マンションで発見された独居老人の遺体が消えた！　中年男と高校生のコンビが真相に挑む心温まるミステリー。

祥伝社文庫の好評既刊

太田忠司
道化師の退場
はじまりは孤高の女性作家殺人事件。死に臨む探偵が最後に挑む難題とは？ 追及は悲劇を呼び、驚愕のラストが⁉

近藤史恵
スーツケースの半分は
あなたの旅に、幸多かれ——青いスーツケースが運ぶ〝新しい私〟との出会い。心にふわっと風が吹く幸せつなぐ物語。

近藤史恵
新装版 カナリヤは眠れない
彼女が買い物をやめられない理由とは？ 身体の声が聞こえる整体師・合田力が謎を解くミステリー第一弾。

近藤史恵
新装版 茨姫(いばらひめ)はたたかう
臆病な書店員に忍び寄るストーカーの素顔とは？ 迷える背中をそっと押す、整体師探偵・合田力シリーズ第二弾。

近藤史恵
新装版 Shelter(シェルター)
殺されると怯える少女——秘密を抱える姉妹の再出発の物語。心のコリをほぐす整体師探偵・合田力シリーズ第三弾。

近藤史恵
夜の向こうの蛹(さなぎ)たち
二人の小説家と一人の秘書。才能と容姿が生む嫉妬、そして疑惑とは？ 三人の女性による心理サスペンス。